RECLAM-BIBLIOTHEK

Das bewährte Mittel, den eigenen Standpunkt hervorzuheben, ist und bleibt die Kritik. In der Politik fungiert sie längst als unerläßliches Rüstzeug – ist selten sachlich oder objektiv, aber hieb- und stichfest und daher zweifellos beweiskräftig. Jutta Falke, Redakteurin des *Rheinischen Merkur*, und Ulrich Kaspar haben aus 48 Jahren bundesdeutscher Parlamentsgeschichte die schönsten Kollegenschelten ausgewählt. Ob bei den Boshaftigkeiten jedoch wirklich der Mensch hinter dem Politiker getroffen werden soll oder ob Klappern nicht einfach zum politischen Handwerk gehört – das sei freilich dahingestellt.
Mögen die Frotzeleien den Betroffenen nicht unbedingt in Hochstimmung versetzen, dem Leser öffnet sich (weil unbeteiligt) eine prächtige Welt der Schadenfreude. Sei es aus wissender Ablehnung oder verhaltener Zustimmung – er darf da unverblümt lachen, wo dem Politiker das Lachen im Halse steckenbleibt.

Vorwort

»Politik wird mit dem Kopf gemacht, nicht mit anderen Teilen des Körpers oder der Seele«, sagte Max Weber in seiner Rede »Politik als Beruf«. Und Peter Ustinov, das britische Allround-Talent, bemerkte einmal, wie sehr er den menschlichen Humor schätze: Das Lachen sei doch bei weitem das »angenehmste Geräusch, das der Mensch produzieren könne«.

Zwischen diesen beiden Zitaten spannt sich der Inhalt des vorliegenden Buches: Um politische Kopfgeburten soll es gehen. Und zwar um solche, die uns zum Lachen anregen und unsere Schadenfreude anstacheln. Die von Politik handeln und solchen, die sie machen. Und alles für uns, die darüber lachen – wenn Politiker über Politiker schimpfen.

In der Politik gehört die verbale Verunglimpfung des Gegners sozusagen zum Berufsverständnis. Noch mehr als das: Schimpfen dürfen und das Schimpfen selbst sind der reinste Ausdruck der Demokratie – wenn auch nicht immer der edelste.

Hat man etwa je erlebt, daß sich in Diktaturen Politiker gleicher oder unterschiedlicher Couleur ungehindert beschimpfen dürfen? Mitnichten.

Das Niveau der politischen Verbalattacken läßt gewiß gelegentlich zu wünschen übrig. Und natürlich gibt es auch die primitive Verballhornung des politischen Gegners. Sie findet nicht nur im Parlament statt. In unserer »Mediendemokratie« haben sich die Beleidiger längst neue Schlachtfelder für den Kampf der Worte ausgesucht: Fernsehschirme und Zeitungsinterviews sind zu wichtigen Schauplätzen politischer Auseinandersetzung geworden.

Zwischen Politikern geht es dabei oft grob zu. »Der Gag fängt an, das Programm zu ersetzen, die ›presentation‹ die Substanz, die Aufmachung den Inhalt, der Schein das Sein«, mahnt Klaus Harpprecht in seinem Aufsatz »In Bonn ist man sprachlos«.

In England, der Heimat des »political debating«, hat die Verbalattacke eine reichere Tradition als bei uns. Das zeigt sich schon in der äußeren Anordnung des parlamentarischen Miteinanders. Im Unterhaus sitzen sich die Abgeordneten auf engstem Raum gegenüber.

Anders im deutschen Bundestag. Dort ist das parlamentarische Plenum optischer Ausdruck der Konsensgesellschaft: Das weiträumige Saalrund nimmt aufkeimender Aggression schon äußerlich die Spitze, begünstigt weniger das Duell der Worte als die atmosphärische Massendynamik. Oder sollen wir sagen: Fraktionsdynamik?

Schimpfen also die deutschen Politiker anders, sind sie weniger witzig, weniger elegant, dafür polemisch und klischeebeflissen?

Ein Schlüssel zur Beantwortung dieser Frage mag in der Sprache selbst liegen. Das Deutsche des öffentlichen Miteinanders wurde als administrative Schriftsprache tradiert, als Verwalterin der Unbeweglichkeit; das Verb kommt oft erst zum Schluß.

Diese handlungsfeindliche Grammatik prägt in gewisser Hinsicht auch den politischen Diskurs. Die parlamentarischen Debatten sind selten Sternstunden der Redekunst, folgen sie doch zumeist eingefahrenen Mustern der Erstarrung entlang der immergleichen Riten von Mißbilligung und Zustimmung.

Manche mit Spannung erwartete Debatte, wie jüngst zum Haushalt '97, gerät so zum kalkulierten Schaukampf ohne Raum für rhetorische Feuerwerke. Es war Wolfgang Schäuble, der in jener Debatte mit Blick auf die unvollendeten Reformprojekte anmerkte: Handeln sei Gold, Reden nur Silber.

In Wahrheit jedoch verdient weder das eine noch das andere auch nur einen Trostpreis. Das »Sprachhandeln« der Politiker vollzieht sich gern in vorgestanzten Phrasen und Worthülsen. Erhard Eppler, einer der heftigsten Kritiker der politischen Sprache, beruft sich hier gerne auf George Orwells »Kavalleriepferde, die sich beim Hornsignal immer gleich in Reih und Glied aufstellen und lostraben«.
Dolf Sternberger machte sich schon zu Beginn der Bundesrepublik, im Jahr 1953, seine Gedanken über die Qualität der politischen Auseinandersetzung: Für ihn bestand »kein Zweifel, daß das Aufkommen fest organisierter politischer Parteien, die Ausbildung des Fraktionswesens und die Erstarrung der Parteifronten am Niedergang der parlamentarischen Beredsamkeit die meiste Schuld tragen«.
Gewiß, rhetorische Verkrustungen werden zwar gelegentlich unterbrochen durch spontane Zwischenrufe. Doch sind diese, zumindest für Fernsehzuschauer, selten hörbar. Schade, denn manchmal ist die Verbalpotenz unserer Politiker durchaus beachtlich – sehr zur Freude der Journalisten. Man denke nur an Herbert Wehner, der für seine parlamentarische Verbalanarchie über 59 Ordnungsrufe kassierte, an Franz Josef Strauß, Joschka Fischer, Ottmar Schreiner etc.
Je mehr die Verbeamtung der Politik voranschreitet, desto stärker sind Humor, Wortgewandtheit und Schlagfertigkeit gefragt. Das professionelle Schimpfen – vornehmer: die Kunst der Beleidigung – ist also eigentlich ein Aufbegehren gegen die allgemeine Versachlichung. Mehr noch: Erlaubt sie nicht auch denen, die bei politischen Schaukämpfen nur Zuschauer sind, den »comic relief«, das Amüsement an der gelungenen Augenblicksschöpfung? Womit wir wieder bei der demokratischen Qualität des Schimpfens wären.
Manchmal befördert es vielleicht zudem die Einsicht in politische Verhältnisse, die sich ja durchaus in entlarvenden Charakterisierungen niederschlagen können. Darüber hinaus ist das Schimpfen natürlich auch Stilmittel

persönlicher und (partei-)politischer Inszenierung unserer Akteure …

Wie sagte noch der britische Parlamentarier William Hamilton bereits im 18. Jahrhundert: »Wenn Deine Sache zu schlecht ist, rufe die Partei zur Hilfe, ist die Partei schlecht, rufe die Sache zur Hilfe – sind aber beide zu schlecht, verwunde den Gegner.«

In diesem Sinne viel Spaß bei der Lektüre der Beleidigungen von A bis Z.

Jutta Falke

Manfred Abelein

Ein Hetzer ist das! Ein übler Hetzer und Verleumder!

Friedrich Schäfer, SPD, über den CDU-Abgeordneten Manfred Abelein, (1975).

Halten Sie doch den Mund! Professoraler Dummkopf!

Herbert Wehner, SPD, (1978).

Irmgard Adam-Schwaetzer
(siehe auch unter »Schwaetzer«)

Über die Dame hören Sie nichts von mir. Nichts kommentiere ich nicht.

Ein prominenter Liberaler über die Generalsekretärin der FDP, Irmgard Adam-Schwaetzer, (1983).

Konrad Adenauer

Bundeskanzler der Alliierten.

Kurt Schumacher, SPD, (1949).

Mit Adenauer, dem Wiederaufrüster.

Walter Fisch, KPD, (1951).

... daß gegen den einheitlichen Willen und gegen das einheitliche Handeln des deutschen Volkes ein Kanzler und seine Regierung sich keine 48 Stunden halten kann. Eine einheitliche Arbeiterklasse, eine kämpfende nationale Front – und in 48 Stunden ist die ganze Marionettenregierung durch das Volk erledigt.

Max Reimann, KPD, (1949).

Es kommt Ihnen darauf an, mit psychologischen Mitteln Widerstand gegen die in Westdeutschland wachsenden Kräfte zu schaffen, die den Frieden wollen. Sie müssen diesen Kampf führen, weil Ihr politisches Tun und Arbeiten und Wirken darauf hinausläuft, die Jugend Westdeutschlands in den vom USA-Monopolkapital gewollten und systematisch vorbereiteten neuen Krieg einzuschalten.

Heinz Renner, KDP, (1950).

Dr. Amerikadenauer.

Heinz Renner, KPD, (1950).

Ulbricht hat uns nicht verkohlt, das erlaubt sich nur Dr. Adenauer.

Heinz Renner, KPD, (1952).

Schade, daß der Goebbels tot ist; der könnte von Ihnen noch lernen!

Walter Fisch, KPD, zu der Bemerkung Adenauers: »Sie wissen …, wie groß die Minierarbeit ist, die von seiten Sowjetrußlands und seiner Satrapen geleistet wird«, (1952).

Der kleine Moritz.

Max Reimann, KPD, (1952).

Dort redet auch niemand so dumm.

Grete Thiele, KPD, auf Adenauers Frage: »Können Sie sich vorstellen, meine Damen und Herren, daß in der Volkskammer ein Nichtkommunist solche Zwischenrufe machen dürfte?«, (1952).

Sehen Sie, meine Damen und Herren, dieses Adenauersche Spiel der Kniffe und der taktischen Drehs, in die das Bundesverfassungsgericht einbezogen ist, das gehört hier auf die Anklagebank und nicht die mehr oder weniger tölpelhaften Entgleisungen eines Ministers.

Walter Fisch, KPD, (1953).

Schwätzt so einen Dreck hier.

Heinz Renner, KPD, (1953).

Alter Hetzer.

Friedrich Rische, KPD, (1953).

So wie Adenauers Machtfülle aus dem amerikanischen Auftrag resultiert, den er erhalten hat, so ist seine gesamte Politik nichts anderes als die Durchführung dieses amerikanischen Auftrags auf deutschem Boden. Er hat den Auftrag, als Statthalter des amerikanischen Imperialismus in Westdeutschland die Interessen der amerikanischen Imperialisten und Kriegstreiber wahrzunehmen.

Heinz Renner, KPD, (1953).

Lügenkanzler.

Karl Mommer, SPD, (1959).

Er kann ihn doch nicht »Wahrheitskanzler« nennen!

Walter Menzel, SPD, (1959).

Ich war kein Adenauer-Fan: Er war mir damals viel zu alt.

Helmut Kohl, CDU, Bundeskanzler, (1989).

Alle Bundeskanzler von Konrad Adenauer bis Helmut Kohl waren IM der CIA.

Egon Bahr, SPD, Sicherheitsexperte, (1996).

Ernst Albrecht

Dieser Albrecht ist reif. Wir müssen schleunigst die drei Idioten finden, die ihn zum Ministerpräsidenten gemacht haben.

Der CDU-Politiker Werner Marx in Anspielung auf die drei SPD/FDP-Landtagsabgeordneten in Niedersachsen, die den CDU-Politiker seinerzeit mitgewählt hatten, (1977).

Glänzender Verkäufer und großer Blender.

Willy Brandt, SPD-Vorsitzender, (1979).

Der Menschenverächter Albrecht ist in keiner Hinsicht liberal.

Gerhard Schröder, SPD, (1979).

Der Albrecht macht doch Politik nach Rittmeister-Art.

Willy Brandt, SPD-Vorsitzender, (1981).

Schäbiger Verleumder.

Hans-Jochen Vogel, SPD-Fraktionsvorsitzender, (1986).

Ministerpräsident Ernst Albrecht verhält sich wie der Mann, der vom Balkon im zehnten Stockwerk stürzt und in der Höhe der zweiten Etage auf die Frage »Wie geht es Ihnen?« antwortet: »Noch geht es gut«.

Johann Bruns, SPD-Landesvorsitzender in Niedersachsen, über den Optimismus, mit dem Albrecht trotz der krisenhaften Haushaltsentwicklung die Zukunft der Landesfinanzen beurteilt, (1987).

Gestern noch Superstar des Spitzenlandes Niedersachsen, heute der Robin Hood der Enterbten und zurückgebliebenen Bundesländer.

Johann Bruns, SPD-Landesvorsitzender in Niedersachsen, (1988).

Walter Althammer

Lassen Sie die Späße hier sein, die Sie in Ihren Referaten immer gebracht haben! Sonst raucht's hier, wenn Sie wieder damit anfangen!

Herbert Wehner, SPD, zu dem CSU-Abgeordneten Walter Althammer, (1965).

Hans Apel

Der ist nicht mehr ganz normal da oben!

Eugen Maucher, CDU, über Bundesfinanzminister Hans Apel, SPD, (1975).

Aus dem Saulus ist ein – beim Fall vom Pferde erleuchteter – Paulus geworden. Der Herr Bundesfinanzminister – hier selbst einschlägig bewandert – möge mir diesen hippologischen Vergleich gestatten.

Reinhold Kreile, CSU, (1976).

Die SPD hat einmal erklärt, sie beanspruche die geistige Führung in ihrem Lande. Was ihr Finanzminister hier geboten hat, war eher das Klagelied einer finanzpolitischen Hiobsfigur, die zwar nicht von Gott geschlagen, aber offensichtlich mehrfach vom Pferd getreten worden ist.

Franz Josef Strauß, CSU, (1977).

Zumutung für unseren Staat und insbesondere auch für die Soldaten.

Manfred Wörner, CDU, (1978).

Minister der starken Worte, aber nicht der starken Hand.

Franz Josef Strauß, bayerischer Ministerpräsident, (1978).

Hans Apel ist ein politischer Störtebeker. Das ist ein Mann, der zum Chaos in einer geordneten Welt beiträgt und anschließend mit dem Kopf unter dem Arm herumläuft.

Willy Wimmer, CDU-Abgeordneter, (1981).

Er wollte diesen Posten nicht haben, wollte sich jedoch dem Gestellungsbefehl der Partei nicht widersetzen und reißt seinen Wehrdienst auf der Hardthöhe ab wie ein mißgestimmter Rekrut.

Friedrich Zimmermann, Vorsitzender der CSU-Landesgruppe im Bundestag, (1981).

Der frühere Bundesfinanzminister Hans Apel ist der fröhlichste, aber auch schlimmste Schuldenmacher, den es in der Geschichte der Bundesrepublik je gegeben hat.

Gerhard Stoltenberg, CDU, Bundesfinanzminister, (1984).

Sie sind ein Finanzkasper!

Johannes Gerster, CDU, (1985).

Ich sehe mit Gelassenheit meine Entwicklung in der SPD vom Sonnyboy über den Kronprinzen zum Armleuchter.

Über sich selbst, (1981).

Sie können sogar zu mir »Herr Apfel« sagen, solange Sie nicht zu mir »Herr Birne« sagen; da wäre ich beleidigt.

Über sich selbst, (1987).

Adolf Arndt

Sie sollten sich schämen, so ein Renegat wie Sie!

Walter Fisch, KPD, zu dem SPD-Abgeordneten Adolf Arndt, (1951).

Egon Bahr

Egon Bahr betätigt sich immer lauter als Trommler für eine von ihm erträumte SPD-Alleinherrschaft in der Bundesrepublik.

Günther Henrich, CDU-Pressesprecher in Bonn, über den SPD-Bundesgeschäftsführer, (1980).

Ich bin kein Politiker. Ich sage die Wahrheit.

Über sich selbst, in einem RIAS-Interview, (1971).

Martin Bangemann

Der arme Kerl: Nachfolger Genschers und Lambsdorffs, das ist viel verlangt.

Irmgard Adam-Schwaetzer, FDP-Schatzmeisterin, (1984).

Bangemann ist wie ein Tiefschneefahrer, glücklich im Sonnenschein, aber immer ein wenig lawinengefährdet.

Manfred Brunner, bayerischer FDP-Vorsitzender, (1985).

Wenn ich Bangemann folge, schieße ich mir doch selbst ins Bein.

Helmut Kohl, CDU, Bundeskanzler, (1985).

Solange Hans-Dietrich Genscher Außenpolitik machen will, wird er es im Namen der FDP tun können. (...) Aber davon abgesehen bin ich natürlich der geborene Außenminister. Ich spreche alle Sprachen, ich bin ein umgänglicher Mensch, ich kenne mich in dieser Welt aus. Also einen besseren Außenminister außer mir, außer Genscher, gibt es überhaupt nicht.

Martin Bangemann, FDP-Vorsitzender und Wirtschaftsminister, im »Bericht aus Bonn« des ARD-Fernsehens auf die Frage, ob er Außenminister werden möchte, (1986).

Wenn Herr Bangemann von Zertrümmerung von Porzellan spricht, dann soll er sich selbst bei der Nase nehmen, denn er ist der für die Zertrümmerung von Porzellan einschlägig bekannte Bundesminister.

Franz Josef Strauß, bayerischer Ministerpräsident und CSU-Vorsitzender, zur Kritik von FDP-Chef Martin Bangemann am bayerischen Einreiseverbot für österreichische Kernkraftgegner, (1986).

Martin Angst- und Bangemann.

Ernst Breit, DGB-Vorsitzender, (1987).

Bangemann, Genscher und Lambsdorff erinnern mich an die berühmten Bettlerkönige, die den dicken Mercedes um die Ecke stehen haben und in zerrissenen Kleidern bei mitleidigen Unionswählern um die Zweitstimme betteln und hausieren. Die CDU-Wähler wollen nicht, daß dieselben FDP-Leute dann nach der Wahl im Nadelstreifen bei den Koalitionsverhandlungen und bei der Regierungsbildung erscheinen.

Heiner Geißler, CDU-Generalsekretär, (1987).

Wir sind gegen die Europäisierung des Problems Bangemann.

Gerd Walter, SPD, Europa-Abgeordneter, zu Spekulationen über den Wechsel von Martin Bangemann in die EG, (1987).

Wir freuen uns, wenn Genscher teilweise die Außenpolitik macht, die wir schon lange für richtig halten. Aber wir protestieren auch, wenn Bangemann die Lufthansa, die Post und demnächst vielleicht auch noch die Gefängnisse privatisieren will.

Peter Glotz, SPD, (1987).

Bangemann ist bereits angezaust, bevor die Bundesregierung ihn überhaupt offiziell für die EG-Kommission nominiert hat.

Karl-Heinz Narjes, CDU, deutscher EG-Kommissar, (1988).

Bangemann auf dem Stuhl von Hallstein und Delors, Haussmann auf dem Stuhl von Ludwig Erhard und Karl Schiller: Das ist etwa so, als ob man Mireille Mathieu zur Nachfolgerin von Margaret Thatcher machen wollte.

Peter Glotz, SPD-Präsidiumsmitglied, in einem Aufruf, überall »die erste Garnitur« nach Europa zu entsenden, (1988).

Ich gehe zwar, aber ich verschwinde nicht.

Über sich selbst, (1989).

Uwe Barschel

Uwe Barschel hat dem Land in einer sehr besonderen Weise gedient.

Helmut Kohl, CDU, Bundeskanzler, über den verstorbenen Ministerpräsidenten von Schleswig-Holstein, (12.Oktober 1987).

Rainer Barzel

Ein einstudierter Pharisäer!

Herbert Wehner, SPD, (1958).

Rainer Barzel, CDU: Nun eben noch zu unserer Kontroverse über die europäische Politik. Ich habe nicht die Absicht, einen Pappkameraden aufzubauen, wie Sie das nannten.
Herbert Wehner, SPD: Sie sind ja selber einer!
(...)
Hermann Schmitt-Vockenhausen, SPD, Vizepräsident: Herr Abgeordneter Wehner, haben Sie den Herrn Abgeordneten Barzel eben als Pappkameraden bezeichnet?
Herbert Wehner, SPD: Lesen Sie das bitte im Protokoll nach, Herr Präsident!
(...)
Rainer Barzel, CDU: Bleiben wir also beim Pappkameraden.
Herbert Wehner, SPD: Schleimer wäre richtiger!

Aus einer Debatte des Deutschen Bundestages vom 15. April 1970.

Barzel benutzt mich doch manchmal nur als Bande, wie beim Eishockey. Der schießt auf mich und meint andere.

Helmut Schmidt, SPD, Bundeskanzler, (1979).

Teuerster Sozialfall der Republik.

Joschka Fischer, Die Grünen, Bundestagsabgeordneter, über den Bundestagspräsidenten, CDU, (1984).

Gerhart R. Baum

Dietrich Sperling, SPD: Herr Staatssekretär, muß ich Ihrer Antwort angesichts der Schreibweise der Abkürzung »DDR« durch den Fragesteller entnehmen, daß es sich in Wirklichkeit gar nicht um ein Streifenboot, sondern um ein Boot in Anführungsstrichen gehandelt hat?
Gerhart Baum, FDP, Parlamentarischer Staatssekretär: Das könnte man bei der Dunkelheit, die damals geherrscht hat, beinahe annehmen.
Max Kunz, CSU: »Quatschkopf« in Anführungszeichen!

Aus einer Debatte des Deutschen Bundestages vom 26. November 1975.

Wäre Wegtauchen olympische Disziplin, wäre unser Sportminister sicherer Medaillenanwärter.

Friedrich Zimmermann, CSU, zum Schweigen von Innenminister Baum, FDP, in der Frage des Olympia-Boykotts, (1980).

Früher hatten wir zwischen SPD und FDP einen ganzen Wald von Gemeinsamkeiten. Heute sieht es manchmal so aus, als hätten wir nur noch einen Baum, den Minister Baum.

Norbert Gansel, SPD, (1981).

Josef Baumgartner

Welches wirkliche Bedürfnis maßgebend war, wurde im Bericht festgestellt. Es ist sehr schade, daß Herr Baumgartner die Stätte seines frühen Ruhms so schnell verlassen hat. Ich hätte ihm sonst, auch auf die Gefahr eines Ordnungsrufes hin, hier sagen müssen, daß er sich politisch, parteipolitisch und menschlich seinen Fraktionskollegen gegenüber schweinemäßig benommen hat.

Ernst Mayer, FDP, (1951).

Das Parlament darf sich nicht wundern, wenn sein Ansehen bestritten wird, wenn ein Abgeordneter – wie er sagt, aus Dummheit – verleumderische Lügen in die Welt setzt, wenn ein Fraktionsvorsitzender diese Lügen weiterverbreitet, wenn drei Abgeordnete meineidig werden oder in der Gefahr sind, es zu werden, wenn einer mindestens einen Zweifel daran läßt, ob er Gelder, die ihm für politische Zwecke übergeben worden sind, nicht zu persönlichen Zwecken verwandt haben könnte. Wir bedauern, daß keine gesetzliche Möglichkeit gegeben ist, daß das Parlament sich von solchen Herren selbst reinigen kann.

Ernst Mayer, FDP, (1951).

Leider stellen weder Grundgesetz noch Wahlgesetz das für einen Abgeordneten zulässige Höchstmaß von Dummheit und das erforderliche Mindestmaß von Charakter fest. Für unseren Geschmack ist hier in einem Fall sowohl das Höchstmaß bedenklich überschritten wie im anderen Fall das Mindestmaß ebenso bedenklich unterschritten worden.

Ernst Mayer, FDP, (1951).

Helmuth Becker

Sie sind schon ein sehr guter Präsident.

Theo Waigel, CSU, Bundesfinanzminister, zu Bundestagsvizepräsident Helmuth Becker, SPD, (1991).

Lukas Beckmann

Chefheiliger, der auf einem Sockel aus Pappmaché steht.

Jutta Ditfurth, Die Grünen, Bundesvorstandsmitglied und Fundamentalistin, (1988).

Mathilde Berghofer-Weichner

Mathilde schlägt, man glaubt es kaum, aus jedem Antrag schwarzen Schaum.

Rudolf Schöfberger, SPD, zur Forderung von Bayerns Justizministerin Mathilde Berghofer-Weichner nach Erhöhung der Höchststrafe von bislang drei Jahren für Landfriedensbruch, die nach Schöfbergers Darstellung bisher nie verhängt wurde, (1992).

Karl Wilhelm Berkhan

Karl Wilhelm Berkhan, SPD: Herr Schultz, kennen Sie das Sprichwort »Wie man in den Wald hineinschreit, so hallt es heraus«?
Fritz-Rudolf Schultz, FDP: Herr Kollege Berkhan, dieses Wort kenne natürlich auch ich. Ich kenne auch das Wort »Auf einen groben Klotz gehört ein grober Keil«.

Aus einer Debatte des Deutschen Bundestages vom 24. März 1966.

Kurt Biedenkopf

Er kann jetzt singen »Ich hatt' einen Kameraden«, und zwar alle drei Strophen.

Franz Josef Strauß, CSU-Vorsitzender, vor der CSU-Landesgruppe in Kreuth über den CDU-Vorsitzenden von Nordrhein-Westfalen, nachdem dessen Parteifreunde sich von dem Memorandum über Helmut Kohl, das sie zunächst mitgetragen hatten, distanzierten, (1979).

Dem Bürscherl hätte man rechtzeitig Kunstdünger in die Schuhe schütten müssen.

Franz Josef Strauß, CSU, (1979).

Ein Biedenkopf ist noch lange kein Brückenkopf.

Horst Ludwig Riemer, FDP, (1979).

Biedenkopf ist immer für Überraschungen gut, wenn es zu Lasten anderer geht.

Gerold Tandler, CSU-Generalsekretär, zum Vorschlag des westfälischen CDU-Vorsitzenden, für Streitfälle im Zusammenhang mit dem Streikrechtparagraphen 116 eine Schiedsstelle einzurichten, (1986).

Kurt Biedenkopf hat die sächsische Meisterschaft im Einer-Rückwärts-Rudern gewonnen. Die deutsche Meisterschaft im Zweier-Rückwärts-Rudern mit Steuermann haben Kohl, Waigel und Seiters gewonnen.

Otto Graf Lambsdorff, FDP-Chef, zur Steuer-Debatte der Union, (1990).

Biedenkopf hat sich vom westdeutschen Studienrat zum Abteilungsleiter einer Bank hochgearbeitet.

Michael Sagurna, CDU, Regierungssprecher in Sachsen, zur Gehaltsentwicklung des sächsischen Ministerpräsidenten seit seinem Amtsantritt im Jahr 1990. Biedenkopf begann mit 35 % des Westgehalts und hat jetzt 80 %, (1993).

Wenn wir warten wollen, bis Biedenkopf abtritt, können wir uns selbst aufgeben.

Karl-Heinz Kunckel, SPD-Chef Sachsens, zur Oppositions-Strategie seiner Partei, (1994).

Wer mich König von Sachsen nennt, der greift den Dingen voraus.

Über sich selbst, (1991).

Theodor Blank

Der ist besoffen!

Walter Seuffert, SPD, über den CDU-Abgeordneten Theodor Blank, (1952).

Theodor Blank, CDU, Bundesverteidigungsminister: Frau Schroeder, ich bin der Auffassung, daß wir durch das, was wir in all den vergangenen Jahren in der Frage der Wiederbewaffnung Deutschlands getan haben, nicht eine Belastung, sondern eine Hoffnung für die Menschen im Osten geworden sind, und daran halten wir fest.
Karl Bergmann, SPD: Heil Hitler!
Theodor Blank: Den Zuruf hätten Sie einigen Ihrer Kollegen machen müssen. Auf mich trifft er nie zu.
Kurt Neubauer, SPD: Dazu sind Sie viel zu arrogant!

Aus einer Debatte des Deutschen Bundestages vom 4. Juli 1954.

Karl-Heinz Blessing

Wo andere Fingerspitzengefühl haben, hat Blessing Panzerplatten.

Willfried Penner, SPD, über den Bundesgeschäftsführer seiner Partei, (1992).

Norbert Blüm

Übler Demagoge!

Nils Diederich, SPD, (1982).

Hören Sie auf, mit Indianergeheul draußen herumzutoben. Machen Sie Ihre Hausaufgaben, sonst werden Sie nie das Klassenziel erreichen.

Anke Fuchs, SPD, über den Bundesarbeitsminister, CDU, (1983).

Norbert Blüm ist ein mutiger Mann. Man sollte ihn in den Verein für deutliche Aussprache aufnehmen.

Franz Josef Strauß, CSU, (1983).

Der Mann hat einen relativ hohen Unterhaltungswert.

Rainer Haungs, CDU, (1983).

Sandmännchen Blüm.

Kurt Vittinghoff, Mitglied des Europaparlaments und 1. Bevollmächtigter der IG Metall in Bad Kreuznach, über Bundesarbeitsminister Norbert Blüm, (1984).

Ich glaube, er übt für seine Rede bei der Verleihung des Ordens »Wider den tierischen Ernst«.

Anke Fuchs, SPD, (1984).

Blüm soll mindestens nachts uns Frauen in Ruhe lassen.

Christel Rudloff, Vorsitzende des Wuppertaler Frauenausschusses der IG Metall, zum vorgesehenen Abbau von Arbeitsschutzbestimmungen für Frauen, (1985).

Wenn das so ist, Herr Blüm, dann sind Sie die Rache des Mainzer Karnevals am Deutschen Bundestag.

Hubert Kleinert, Die Grünen, (1985).

Dieser Norbert Blüm ist ein Glücksfall für die Union, er mag es zwar nicht hören, aber irgendwo hinten tut es ihm gut.

Helmut Kohl, CDU, Bundeskanzler, (1985).

Blüm ist ein Eckpfeiler der Koalition.

Hans-Dietrich Genscher, FDP, Bundesaußenminister, (1986).

Der redet wie Kohl, nur witziger.

Anke Fuchs, SPD-Sozialexpertin, (1986).

Es wird Zeit, einen Preis für den auszusetzen, der Blüm bei der Wahrheit ertappt.

Egon Lutz, SPD, (1986).

Dieser Mann ist auf seinem Ministersessel vom Hofnarren zum Kettenhund des Kapitals verkommen.

Richard Heller, SPD, Betriebsrat Opel/Rüsselsheim, (1986).

Wer meint, er müsse die ganze Welt auffordern, ihre Mörder in die Bundesrepublik zu schicken, der hat nicht das richtige Verständnis vom Zusammenleben der Menschen.

Friedrich Zimmermann, CSU, Bundesinnenminister, (1987).

Kaum ist der Kater Norbert aus dem Hause, tanzen die CDA-Mäuse auf dem Tisch herum.

Otto Graf Lambsdorff, FDP, zu den Beschlüssen der Sozialausschüsse, (1987).

Die CDA, die christlichen Sozialausschüsse, sind so wie Hühner ohne Eierstock: Sie gackern, aber legen nicht. Herr Blüm ist das Oberhuhn in dieser Gruppe.

Joachim Poß, SPD, (1987).

Mir ist es lieber, der hochgeschätzte Kollege Blüm wandert in Lappland als in Feuerland.

Jürgen Warnke, CSU, Bundesverkehrsminister, über Bundesarbeitsminister Norbert Blüm, der sich im Sommer 1987 für Todeskandidaten in chilenischen Gefängnissen eingesetzt hatte, (1988).

Wenn Blüm für die Interessenvertretung der Arbeitnehmer geeignet wäre, hätten sie jetzt bei der Olympiade eine Schildkröte als Stabhochspringer einsetzen können.

Theo Schoof, Delegierter beim Gewerkschaftstag der IG Bau-Steine-Erden, (1988).

Blüm reist nach dem Motto: Ich weiß von nichts, mal gucken, wie es dort aussieht.

Jürgen Maier, außenpolitischer Sprecher im Bundesvorstand der Grünen, über die Südafrikareise des Bundesarbeitsministers, (1989).

Blüm wird künftig noch mehr Telefonbücher brauchen, damit man ihn überhaupt noch sehen kann.

Anke Fuchs, SPD-Bundesgeschäftsführerin, (1990).

Herr Blüm, Sie wissen nicht, was Sie wollen, aber das recht gut.

Rudolf Dreßler, SPD-Sozialexperte, (1991).

Wer Pflicht sät, wird Blüm ernten.

Jürgen Doeblin, FDP-Fraktionsvorsitzender im bayerischen Landtag, zur Entscheidung der Bundes-FDP für ein Pflichtmodell zur Pflegeversicherung, (1992).

Sie können sich wahrscheinlich mit dem Titel des größten Schönredners aller Zeiten schmücken. Ihnen gelingt es sogar, ein Stück Kuhscheiße in einen Goldklumpen zu reden. Aber das hat mit den Problemen wirklich nichts zu tun.

Ottmar Schreiner, SPD, (1992).

Norbert Blüm ist ein liberaler Pflegefall.

Otto Graf Lambsdorff, FDP-Vorsitzender, zu Bundesminister Blüms Äußerung, auch er sei ein liberaler Politiker, (1993).

Sie sind eine Art Nebelkerzenminister.

Ottmar Schreiner, SPD, (1993).

Blüm braucht bei mir keine Zwischenfragen zu stellen, denn wir verstehen uns blind.

Theo Waigel, CSU, Bundesfinanzminister, in der Haushaltsdebatte des Bundestags auf Zwischenrufe der Opposition zu seinen Ankündigungen zum Sozialabbau, (1994).

Arbeitsminister Blüm ist seit vielen Jahren als die »Glucke der Sozialversicherung« bekannt.

Andrea Fischer, Bündnis 90/Die Grünen, (1995).

Das Rentenargument von Norbert Blüm: »Was sich hundert Jahre bewährt hat, ist auch für die nächsten hundert Jahre gut«, könnte auch für die Pferdekutschen gelten.

Kurt Biedenkopf, CDU, sächsischer Ministerpräsident, (1996).

Ein Bremser taugt nicht als Steuermann

Klaus Escher, Chef der Jungen Union, über die Rolle Blüms bei der Rentenreform, (1996).

Blüm ist im Kabinett – und ich habe überhaupt keine Absicht, das zu ändern.

Helmut Kohl, CDU, Bundeskanzler, (1997).

Meine Redeweise scheint immer ein Naturheilmittel zur Erhöhung des Blutdrucks der Opposition zu sein. Das kann ich gar nicht verantworten.

Über sich selbst, (1988).

Ich versuche, mein Übergewicht zu halten.

Über sich selbst, (1990).

Wenn mich die Opposition nicht lobt, muß ich das selber machen; das ist doch klar.

Über sich selbst, (1995).

Ich bin doch kein Renten-Rambo.

Über sich selbst, (1996).

Ich mache hier nur eine Zwischenbemerkung. Das letzte Wort hat der liebe Gott.

In einer Laudatio auf Bundeskanzler Helmut Kohl, (1996).

Ich bin kein Hampelmann. Man kann mit mir nicht machen, was man will.

Über sich selbst, im unionsinternen Streit um eine Entlastung der Rentenversicherung, (1997).

Ich klebe nicht an meinem Sessel, und ich mache nicht alles um jeden Preis.

Über sich selbst, (1997).

Friedrich Bohl

Aha, Herr Bohl ist wieder aus dem Urlaub zurück. Allerdings hätte es gereicht, wenn er sich telefonisch zurückgemeldet hätte.

Vollständiger Wortlaut einer Presseerklärung des Parlamentarischen Geschäftsführers der SPD-Bundestagsfraktion Peter Struck. Sein Amtskollege von der CDU/CSU – und späterer Kanzleramtsminister –, Friedrich Bohl, hatte am Vortag von der SPD eine Klärung ihrer Haltung in der Asylfrage verlangt, (1991).

Klaus Bölling

Als Bölling für Schmidt arbeitete, war es besser. Aber Bölling ist für uns leider noch nicht verwendungsfähig.

Theo Waigel, CSU-Landesgruppenchef, über den Chef des Bundespresseamtes, (1984).

Jochen Borchert

Wahrscheinlich müßte Landwirtschaftsminister Borchert Bundeskanzler werden. Das ist ein Hühnerhaufen.

Franz Thönnes, SPD, (1997).

William Borm

Herr Borm ist ein hoffnungsloser Fall. Wir müssen wohl damit leben, daß er sich von der Sicherheits- und Außenpolitik unserer Partei verabschiedet hat.

Jürgen W. Möllemann, FDP-Verteidigungsexperte, über den FDP-Alterspräsidenten William Borm, (1981).

Holger Börner

Börner kommt mir vor wie ein Obrist der Heilsarmee, der abends gegen den Alkoholmißbrauch wettert und tagsüber sein Geld als Direktor einer Brauerei verdient.

Hans-Dietrich Genscher, FDP, über das Verhältnis des hessischen Ministerpräsidenten, SPD, zu den Grünen, (1983).

Verehrter Herr Kollege Börner, verehrter Herr Ministerpräsident von Hessen, Sie haben heute so richtig geistig die Dachlatte geschwungen.

Helmut Kohl, CDU, Bundeskanzler, (1983).

Armselige Ministerpräsidentenexistenz von der Grünen Gnaden.

Franz Josef Strauß, CSU-Chef und bayerischer Ministerpräsident, (1984).

Der Dachlatten-Börner mendelt jetzt zum Petersilien-Guru.

Norbert Blüm, CDU, (1984).

Erst hat er die Grünen mit der Dachlatte verprügeln wollen, und dann hat er sie ihnen als Krückstock geschnitzt und verziert übergeben.

Martin Bangemann, FDP, Bundeswirtschaftsminister, (1984).

Während Politiker wie Bahr und Eppler die wenigsten Stimmen erhielten, wurden Spezialisten für Dachlatten und Beton auf Anhieb gewählt.

Willi Piecyk, SPD, (1984).

Ich denke, daß ich ein Grüner bin.

Holger Börner, SPD, wegen seines Eintretens für die Startbahn West des Frankfurter Flughafens bei den Grünen heftig umstrittener hessischer Ministerpräsident, (1981).

Nicht ohne Grund bin ich Scharfschütze geworden.

Über sich selbst, (1982).

Willy Brandt

Der Kanzler badet gerne lau – so in einem Schaumbad.

Der damalige SPD-Fraktionschef Herbert Wehner in Rußland über Bundeskanzler Willy Brandt, SPD, (1973).

Sie waren doch Spion! (...) Wer war denn Spion in Schweden?

Philipp Jenninger, CDU, über den SPD-Chef, (1975).

Haßerzeuger sind Sie!

Alfred Dregger, CDU, (1975).

Sie sind Deutschlands Sicherheitsrisiko Nummer eins!

Anton Stark, CDU, (1975).

Ein Marxist wie Willy Brandt wird Bayern nie verstehen. Brandt hat keine Ahnung von Bayern, ja, er ist im Innersten bayernfeindlich.

Franz Josef Strauß, CSU-Vorsitzender, (1978).

Ein Fall für den Psychiater.

Edmund Stoiber, CSU-Generalsekretär, (1979).

In vielen Bereichen war Brandt ein ganz hervorragender »Macher«, will fast sagen: »Uhrmacher«, weil er ein ganz fein tüftelnder Manager war.

Rainer Barzel, CDU-Bundestagsabgeordneter, (1979).

Politisches Fossil aus der Zeit des Reformüberschwangs.

Heiner Geißler, CDU-Generalsekretär, (1979).

Der Brandt will erst noch zwei Leute verabschieden, bevor er selbst abtritt: Herbert Wehner und Helmut Schmidt.

Hans-Dietrich Genscher, FDP-Vorsitzender, (1981).

Willy Brandt will die SPD auf zehn Prozent herunterepplern, um endlich so großen Einfluß wie die FDP ausüben zu können.

Armin Halle, NATO-Informationsdirektor, (1982).

Schmidt will regieren und Brandt sucht nun die grüne Blume. So wird er die Koalition zerbrechen.

Rainer Barzel, ehemaliger CDU-Vorsitzender, (1982).

Willy Brandt hat es nicht nötig, sich von Petra Kelly Ratschläge über die richtige Friedenspolitik anhören zu müssen.

Hans-Ulrich Klose, SPD, (1983).

Willy Brandt setzt Johannes Rau auf den Kutschbock, spannt ihm dann die Pferde aus und reitet mit Oskar Lafontaine ins Grüne.

Norbert Blüm, CDU, Bundesarbeitsminister, (1987).

Diese Nachkriegszeit bleibt verbunden mit dem Namen Brandt.

Oskar Lafontaine, SPD, saarländischer Ministerpräsident, (1987).

Willy Brandts Rücktritt ist die logische Konsequenz aus der Zerstrittenheit und Richtungslosigkeit der deutschen Sozialdemokratie.

Heiner Geißler, CDU, (1987).

Willy ist immer zu den Menschen hingegangen, und sei es nur – im Gegensatz zu einigen sozialdemokratischen Gourmets aus der Vorstandsetage – zum Essen in die Kantine der Baracke.

Susi Möbbeck, Juso-Vorsitzende, (1988).

Ernst Breit

Herr Breit und seine Kollegen müssen sich vorsehen, daß sie keinen Schluckauf kriegen, wenn sie jetzt das soziale Elend in der Bundesrepublik besingen.

Otto Graf Lambsdorff, FDP, über den DGB-Chef, (1985).

Heinrich von Brentano

Alles Gerede, daß Sie sich für das Saargebiet einsetzen wollen, ist ja nur Schaumschlägerei.

Franz Richter (alias Fritz Rössler), fraktionslos, (1952).

Da der Bundesaußenminister es als Haltung der Vertragstreue unterstellt, daß der Vertrag den Kanzler verpflichtet habe, die Annahme des Statuts zu empfehlen, habe ich gesagt, er wisse, daß er lüge, und darum antworte ich nicht.

Adolf Arndt, SPD, über den CDU-Minister, (1957).

Bewußte Verleumdung! – Sie befinden sich schon unter Ihrer eigenen Gürtellinie! – Die Wahrheit ist nicht Ihr Niveau!

Zwischenrufe von SPD-Abgeordneten, (1957).

Ulrich Briefs

Das ist der übelste und dümmste Polemiker des Bundestages!

Kurt Faltlhauser, CSU, über den PDS-Abgeordneten Dr. Ulrich Briefs, (1991).

Ein sogenannter Fluchtgrüner!

Kurt Faltlhauser, CSU, (1991).

Peter Büchner

Peter Büchner, SPD: Wir halten daran fest: Das Prinzip »Sport für alle« darf nicht gefährdet werden, indem Einzelinteressen zum Schaden des Gemeinwohls rigoros durchgesetzt werden. Wir sagen weiterhin ja zum Sport in den Wohngebieten, zum Sportplatz und der Sportstätte um die Ecke.
Joschka Fischer, Die Grünen: Und der Kneipe an der Ecke!

Aus einer Debatte des Deutschen Bundestages vom 12. April 1984.

Eberhard Bueb

Lieber Herr Kollege Bueb, daß Sie das nicht begreifen, das habe ich mir schon gedacht. Jeder Pfeifenraucher weiß an sich, daß in einen Holzkopf nicht viel reingeht.

Peter Harry Carstensen, CDU, zu dem Grünen-Abgeordneten Eberhard Bueb, (1986).

Andreas von Bülow

Das ist doch primitiv! Herr von Bülow, hören Sie doch auf mit der Arroganz!

Anton Pfeifer, CDU, zu dem SPD-Abgeordneten Andreas von Bülow, (1974).

Dieter Burgmann

Der Mann mit der einen Hose!

Johannes Gerster, CDU, über den Grünen-Abgeordneten Dieter Burgmann, (1984).

Der schaut wie der Rübezahl aus!

Erich Riedl, CSU, (1984).

Ziehen Sie mal eine ordentliche Hose an!

Johannes Gerster, CDU, (1984).

Karl Carstens

Im übrigen sage ich Ihnen: Sie haben in der Fragestunde und Sie haben jetzt Spott und Hohn über Anstrengungen auszugießen, auszupissen versucht. Jawohl, sage ich Ihnen! Auf einen Schelmen anderthalbe!

Herbert Wehner, SPD, über den Chef der CDU/CSU-Fraktion, (1974).

Sie Lügner und Fälscher!

Norbert Gansel, SPD, (1975).

Es wäre gut, wenn uns Karl Carstens erspart bliebe.

Egon Bahr, SPD-Bundesgeschäftsführer, über den künftigen Bundespräsidenten, (1979).

Johann Tönjes Cassens

Der beste Ostfriesenwitz ist der, daß der Ostfriese Cassens Wissenschaftsminister geworden ist.

Karl Ravens, niedersächsischer SPD-Fraktionsvorsitzender, über den CDU-Politiker Johann Tönjes Cassens, (1981).

Wolfgang Clement

Wolfgang Clement sitzt neben Claudia Schiffer und ich neben dem Bürgermeister von Bottrop – es gibt keine Gerechtigkeit mehr.

Johannes Rau, SPD, Ministerpräsident von Nordrhein-Westfalen, über den nordrhein-westfälischen Wirtschaftsminister Wolfgang Clement, SPD, (1997).

Peter Corterier

Corterier ist ein vollendeter Trottel.

Der Bremer Bürgermeister Koschnik, SPD, über seinen Parteifreund, Staatsminister Corterier, (1981).

Unser Genie im Auswärtigen Amt.

Willy Brandt, SPD-Chef, (1981).

Herbert Czaja

Der Czaja kann ja nichts anderes, als Volksverhetzer zu spielen.

Hans Hermsdorf, SPD, über den Unionspolitiker und früheren Präsidenten des Bundes der Vertriebenen, (1970).

Heidemarie Dann

Wenn wir nicht im Bundestag wären, würde ich sagen: Sie haben doch eine Meise!

Gerhard O. Pfeffermann, CDU, zu der Grünen-Abgeordneten Heidemarie Dann, (1985).

Herta Däubler-Gmelin

Schwester Herta, wo ist Bruder Johannes?

Jürgen W. Möllemann, FDP, über die SPD-Politikerin, (1986).

Wenn Sie keine Dame wären, Frau Däubler-Gmelin, würde ich Ihnen auf Ihre Zwischenrufe einmal was sagen.

Fritz Wittmann, CSU, (1987).

Thomas Dehler

Wenn Herr Minister Dehler spricht, ist es jedesmal ein nationales Unglück.

Adolf Arndt, SPD, über Bundesjustizminister Thomas Dehler, FDP, (1950).

Wir können gegenüber diesem Mitglied der Bundesregierung nur sagen: Solange es ein Deutsches Reich gibt, gleichviel in welcher Staatsform, hat es noch keinen Reichsminister oder Bundesminister der Justiz gegeben, der der demokratischen Rechtsordnung und dem, was in einer demokratischen Rechtsordnung gehörig ist, soviel Schimpf und Schande angetan hat, wie dieser Bundesjustizminister Dr. Dehler.

Otto Heinrich Greve, SPD, (1951).

Wie wäre es, wenn Sie aus Ihrer richtigen Erkenntnis eine richtige Konsequenz zögen und mit uns zusammen dafür sorgten, daß dieser Justizminister, der nichts anderes ist als ein Teilchen im Rade der Adenauer-Regierung, zusammen mit Adenauer, dem Wiederaufrüster, dem Kriegsvorbereiter und Verderber unseres Volkes aus dem Tempel gejagt wird.

Heinz Renner, KPD, (1951).

Peter-Michael Diestel

Toll – das ist doch eine gute Sache, dieser Rücktritt!

Ulf Fink, CDU-Vorsitzender in Brandenburg, zum Rücktritt von Fraktionschef Peter-Michael Diestel, (1992).

Wir werden Herrn Diestels Behauptung, die Stasi habe die innere Ordnung erhalten und Wirtschaftsspionage verhindert, als Verhöhnung der Opfer und Stabilisierung des Mißtrauens in den demokratischen Rechtsstaat entlarven müssen.

Rainer Eppelmann, CDU, (1993).

Vielleicht soll ich auch noch der uneheliche Sohn Mielkes sein?

Peter-Michael Diestel über die nicht enden wollenden Spekulationen, er habe für die Stasi gearbeitet, (1990).

Kanarienvogel unter Spatzen.

Peter-Michael Diestel, Ex-DDR-Innenminister, über seine Rolle in der Brandenburger CDU, (1993).

Jutta Ditfurth

Jutta von Ditfurth läuft immer dann zur Hochform auf, wenn die Weihe des Märtyrertums droht.

Joschka Fischer, Die Grünen, (1987).

Radikal-bürokratische Ablagebolschewisten.

Joschka Fischer, Die Grünen, über seine Parteifreunde Jutta Ditfurth und Manfred Zieran, (1987).

Völlig falsches Staatsverständnis.

Otto Schily, Die Grünen, (1987).

... aber die Frau Ditfurth, die ist doch nicht das netteste Mädchen aus der Nachbarschaft.

Lothar Späth, CDU, baden-württembergischer Ministerpräsident, (1988).

Jutta Ditfurth und Gysi wären ein interessantes Führungsduo für die PDS.

Konrad Weiß, Bündnis 90/Die Grünen, über das Verhältnis seiner linken Parteikollegin zur PDS, (1991).

Ich stehe einem Vertreter des linken CDU-Flügels sicher näher als marxistischen Träumern wie Jutta Ditfurth.

Konrad Weiß, Bündnis 90/Die Grünen, (1991).

Klaus von Dohnanyi

Folgen Sie dem einzigen sozialdemokratischen Ritter der Vernunft, dem Hamburger Bürgermeister von Dohnanyi.

Dieter Weirich, CDU-Medienexperte, über den SPD-Politiker, (1984).

Unglaubwürdiger Schönredner.

Heinz Oestmann, Hamburger GAL-Abgeordneter, (1985).

Dieser Bürgermeister ist wie ein Huhn, das nur gackert und keine Eier legt.

Hartmut Perschau, Hamburger CDU-Bürgermeister-Kandidat, (1986).

Der erste Bürgermeister, der Politik vollständig durch Rhetorik ersetzt hat.

Hartmut Perschau, CDU, (1986).

Herr Dohnanyi hat in diesem Bereich von Hamburg ungefähr noch soviel Autorität wie der Staatspräsident des Libanon in einem Palästinenserlager in Beirut.

Peter Gauweiler, CSU, Staatssekretär im bayerischen Innenministerium, in der Diskussion über die Hafenstraße, (1987).

Sie sind doch der Tanzbär der Hafenstraße.

Hartmut Perschau, Hamburger CDU-Vorsitzender, (1988).

Fritz Dorls

Dieser Mann vertritt in diesem Hause das politische Banditentum. Es ist eine Zumutung, ihn überhaupt anzuhören.

Eugen Gerstenmaier, CDU, zu dem seit dem 2. 10. 1949 fraktionslosen Abgeordneten und ehemaligem DRP/NR-Mitglied Fritz Dorls, (1949).

Wolfram Dorn

Herr Kollege Even, ich bin bereit, den Ausdruck »Falschmünzer« zu gebrauchen, und zwar in bezug auf Herrn Dorn!

Helmut Schmidt, SPD, über den FDP-Abgeordneten Wolfram Dorn, (1968).

Sie sind ein Denunziant!

Franz Neumann, SPD, (1969).

Alfred Dregger

Der Partisan Dregger.

Hermann Dürr, FDP, (1977).

Dregger hat zwei Finger hochgehalten, und die Leute haben Liste zwei gewählt – SPD.

Holger Börner, SPD, hessischer Ministerpräsident, zu Wahlplakaten, auf denen Dregger zwei Finger zum Victory-Zeichen spreizt, (1978).

So mancher verzagte Arsch in der Bundesrepublik sollte sich von dem beherzten Alfred Dregger eine Scheibe abschneiden.

Bernhard Vogel, CDU, rheinland-pfälzischer Ministerpräsident, im hessischen Wahlkampf, (1978).

Bekloppt.

Horst Ehmke, stellvertretender SPD-Fraktionsvorsitzender, (1980).

Mein Enkel hat mal den Trecker und den Dregger verwechselt. Er sagte, der Dregger mache immer brummbrumm. Naja, da hat er ja wenigstens eine Vorstellung davon.

Gebhard Müller, Präsident des Bundesarbeitsgerichtes, (1980).

Wenn Sie einen Stahlhelm aufhätten, wären Sie noch überzeugender.

Horst Ehmke, SPD, (1985).

Doktor Dregger und manche seiner Freunde sind wie Doktor Kimble auf der Flucht vor der Null-Lösung.

Otto Schily, Die Grünen, über den Chef der CDU/CSU-Bundestagsfraktion, (1987).

An der Spitze des Fortschritts marschiert Alfred Dregger nicht. Das würde er auch ablehnen, wenn man das behaupten wollte.

Hans-Jochen Vogel, SPD, (1988).

Er ist als Symbolfigur für den rechten Teil der Wählerschaft der Union unverzichtbar.

Theo Waigel, CSU-Vorsitzender, (1988).

Ich bin Jahrgang 1920, also so alt wie der Bundespräsident und der Papst und unter diesen der jüngste.

Über sich selbst, (1988).

Rudolf Dreßler

Du Zyniker, du dummer!

Hermann Fellner, CSU, (1987).

Hermann Dürr

Hetzer seid ihr!

Paul Bausch, CDU, zu dem SPD-Abgeordneten Hermann Dürr, (1961).

Es ist unverschämte konfessionelle Hetze, die ihr macht!

Paul Bausch, CDU, (1961).

Freimut Duve

Ach, wissen Sie Herr Duve, bei Ihrem Zwischenruf denke ich immer an das schöne deutsche Sprichwort: Das schlechteste Rad am Wagen knarrt immer am lautesten.

Peter Boroffka, CDU, über den SPD-Abgeordneten, (1986).

Herr Kollege Duve – ich weiß nicht, was Sie fragen wollen, aber ich will Ihnen die Antwort geben.

Burkhard Hirsch, FDP, (1987).

Wenn man in Hamburg als Grüner kandidieren und zu Podiumsdiskussionen muß, dann ist ein geflügeltes Wort unter uns Kandidaten: »Kannst du heute Hans Apel abduschen oder mußt du dich mit Freimut Duve rumquälen?«

Thomas Ebermann, Die Grünen, (1988).

Herr Duve, setzen Sie doch besser Ihre Glasperlenspiele über die Neue Linke in Europa fort. Der Peter Glotz formuliert das so schön und so realitätsfern. Das beruhigt doch; das ist doch fein für Sie.

Otto Graf Lambsdorff, FDP, (1993).

Wir stehen alle vor einem Abgrund von Verfassungsverrat und politischer Verkommenheit.

Über sich und seine Kollegen, (1987).

Jürgen Egert

Ein schamloser Demagoge sind Sie.

Gerhard O. Pfeffermann, CDU, zu dem SPD-Abgeordneten Jürgen Egert, (1978).

Horst Ehmke

Professor Dreckschleuder.

Hansheinz Hauser, CDU, über den früheren SPD-Bundesminister und Bundestagskollegen, (1982).

Jawohl, Herr Linksprofessor!

Theo Waigel, CSU, als Antwort auf Ehmkes Anrede: »Meine Damen und Herren von der Rechtskoalition«, (1982).

Wir haben Ehmke nicht dringend gebeten, mit Strauß zu sprechen, aber es hat uns großen Spaß gemacht.

Jürgen Schmude, stellvertretender Vorsitzender der SPD-Bundestagsfraktion, über das Gespräch seines Fraktionskollegen mit dem bayerischen Ministerpräsidenten und CSU-Vorsitzenden, (1984).

Ich bin beruhigt, daß Horst Ehmke gesagt hat, es sei ein jüngerer (nötig), so daß ausgeschlossen ist, daß er es selbst werden will.

Anke Fuchs, SPD-Bundesgeschäftsführerin, zu der Forderung von Ehmke, die gesamtdeutsche SPD müsse einen jüngeren Vorsitzenden haben als Hans-Jochen Vogel, (1990).

Unser Kollege Professor Ehmke hat sein Herz für den Finanzminister entdeckt. Als ich gestern an ihm vorbeiging, gab er mir diese Mark. Er hat sie gespendet. Ich weiß nur noch nicht, ob ich sie behalten darf oder ob ich sie abliefern muß.

Theo Waigel, CSU, Bundesfinanzminister, (1991).

Leider ist mein Kompromißvorschlag, das Parlament so aufzuteilen, daß alle weiblichen Abgeordneten in Bonn und alle männlichen in Berlin tagen, am Einspruch Horst Ehmkes gescheitert, der dies als eine Verfälschung der Quotenregelung ansieht.

Peter Conradi, SPD, (1991).

Herbert Ehrenberg

Ehrenberg kneift! Sie haben die Hose gestrichen voll!

Heinrich Franke, CDU, über den Bundesarbeitsminister, SPD, (1977).

Bundesarbeitsminister Ehrenberg ist ein Slalomfahrer, der nur deshalb nichts anstößt, weil er sich die Fahnen auf den Rücken gebunden hat.

Norbert Blüm, Vorsitzender der CDU-Sozialausschüsse, (1980).

Der Herr Ehrenberg ist der Apel der Sozialpolitik, und die Arbeitslosenversicherung wird zum »Tornado« der 80er Jahre.

Norbert Blüm, CDU, (1981).

Dieser Westentaschen-Lambsdorff.

Egon Lutz, SPD, (1981).

Sie haben es wieder mit den Nullen; damit konnten Sie ja noch nie umgehen.

Horst Günther, CDU, (1988).

Alfred Emmerlich

Dat ick en Dösbüddel bin, dat argert mi nich. Dat'n Dösbüddel mi dat secht, dat argert mi.

Detlef Kleinert, FDP, zu dem SPD-Abgeordneten Alfred Emmerlich, (1985).

Hans Engelhard

Der langsame Brüter.

Rudolf Schöfberger, SPD, (1984).

Wenn der die Pfeife stopft, habe ich schon ausgeraucht.

Friedrich Zimmermann, CSU, Bundesinnenminister, (1985).

Seit Kaiser Caligula sein Pferd zum Konsul ernannt hat, sind Sie die klassische Fehlbesetzung in einem politischen Amt.

Manfred Schmidt, SPD, zu Bundesjustizminister Engelhard, FDP, (1986).

Matthias Engelsberger

Frau Präsidentin! Meine Damen und Herren! Ich habe selten eine Rede gehört, die so strotzte von politischer Ignoranz und Dummheit.

Stefan Schulte, Die Grünen, über den CSU-Abgeordneten Matthias Engelsberger, (1986).

Björn Engholm

Er ist neben Josef Ertl einer der wenigen, die wirklich etwas vom Fisch verstehen.

Helmut Schmidt, SPD, Bundeskanzler, zur Begründung dafür, daß er dem damaligen Bildungsminister Engholm, SPD, die Geschäfte des zurückgetretenen Landwirtschaftsministers Josef Ertl übertragen hat, (1982).

Die SPD betreibt eine Wischi-Waschi-Politik, und Björn Engholm ist der Kandidat zwischen Wischi und Waschi.

Heiner Geißler, CDU-Generalsekretär, (1987).

Wenn Lügen kurze Beine haben, geht Engholm längst auf dem Zahnfleisch.

Heiner Geißler, CDU-Generalsekretär, (1987).

Er lächelt statt zu führen.

Friedrich Bohl, Parlamentarischer Geschäftsführer der CDU/CSU-Fraktion, über den neuen SPD-Vorsitzenden, (1991).

Björn, das ist doch ein Beistelltisch aus dem IKEA-Katalog. Kaum aufgestellt, schon fällt er wieder zusammen.

Karin Hempel-Soos, SPD-Aktivistin, (1992).

Neid als Politik ist Sozialismus, und Engholm ist der oberste Unsolidar.

Dietrich Austermann, CDU, (1992).

Die Schweinerei der Machenschaften gegen Engholm hat im Bundeskanzleramt ihren Sitz.

Willfried Penner, SPD, (1993).

Wie so oft wirkt Herr Engholm auch hier, als ob es ihm eher auf den Effekt als auf die Fakten ankäme. So wird man vom Nordlicht zum Irrlicht.

Franz Romer, CDU, (1993).

Unseren Kollegen in der SPD wünschen wir für die kommenden Monate viel Freude mit ihrem Kanzlerkandidaten.

Peter Ramsauer, CSU, (1993).

So wenig der Parteivorsitzende ein politischer Eunuch sein darf, so wenig gestattet ihm die öffentliche Wahrnehmung eine Privatmeinung.

Gerhard Schröder, SPD, Ministerpräsident von Niedersachsen, (1993).

Sein hamletartiges Zaudern ist ihm im Weg gestanden.

Theo Waigel, CSU, Bundesfinanzminister, zu Engholms Rücktritt, (1993).

Dagmar Enkelmann

Nicht nur heute!

Die PDS/LL-Abgeordnete Dagmar Enkelmann auf den Zuruf: »Heute sind Sie wohl Mädchen für alles!«, (1993).

Rainer Eppelmann

Ich könnte auch Zirkusdirektor werden.

Rainer Eppelmann, Verteidigungsminister der DDR, über die Zeit nach der Vereinigung beider deutscher Staaten, (1990).

Erhard Eppler

Der Spinner.

Helmut Schmidt, SPD, Bundeskanzler, (1981).

Ludwig Erhard

Würde Ludwig Erhard noch leben, er müßte sich bestimmt im Grab herumdrehen.

Helmut Haussmann, FDP-Generalsekretär, (1984).

Der Fürther Ludwig Erhard hat endgültig über den Trierer Karl Marx gesiegt.

Theo Waigel, CSU, Bundesfinanzminister, (1989).

Es war interessant, daß der erste freigewählte russische Präsident, Jelzin, in seiner Tischrede im Palais Schaumburg davon sprach, das erste Buch, das er gelesen habe, um sich auf Wirtschaftsreformen vorzubereiten, sei das Buch von Ludwig Erhard gewesen. Ich habe mir gedacht: Der Mann ist weiter als ein Teil der Sozialdemokratie in Deutschland.

Theo Waigel, CSU, Bundesfinanzminister, (1991).

Wenn Erhard das Desaster auf dem Arbeitsmarkt und das Schulden-, Steuer- und Rentenchaos seiner politischen Erben heute erleben würde, müßte ihm die Zigarre aus dem Mund fallen.

Renate Schmidt, bayerische SPD-Chefin, zu Lobreden der CSU auf den früheren Bundeskanzler Ludwig Erhard, CDU, (1997).

Josef Ertl

Muß der Ertl eine Flasche gewesen sein.

Wolfgang Roth, SPD, (1984).

Genscher, Baum und Lambsdorff kann man von ihrem Stuhl wegtragen, Josef Ertl muß losgeschweißt werden.

Walter Scheel, FDP, ehemaliger Bundespräsident, zu einem möglichen Rücktritt des FDP-Landwirtschaftsministers, (1980).

Helmut Esters

Der Bundestagsabgeordnete ist der provisorischste Mensch im Lande. Er ist auf Zeit gewählt. Er lebt in den Sitzungswochen provisorisch in einem Appartement in einer Stadt, die das Hauptstadtprovisorium abstreift, arbeitet in einem von Fassadensanierung, Abriß und Plänen seiner Geschäftsführung bedrohten Zimmer, tagt in einem provisorischen Plenum und ist im Zweifel ein Mensch, mit dem EDV-, Telefax- oder Teletex-Versuche unternommen werden.

Helmut Esters, SPD, über sich und seine Kollegen, (1988).

Hermann Etzel

Man könnte beantragen, die Redezeit für den Grabgesang seines Föderalismus zu verlängern.

Franz Josef Strauß, CSU, zu Bundestagsvizepräsident Hermann Schäfer, FDP, der den Abgeordneten der Bayernpartei, Hermann Etzel, wiederholt erfolglos auf das Ende seiner Redezeit hingewiesen hatte, (1950).

August-Martin Euler

Der Auschwitz-Spezialist.

Zuruf aus den Reihen der KPD, (1950).

Friedhelm Farthmann

Farthmann und Roth müssen sich einigen. Sonst stoße ich die beiden solange mit den Köpfen zusammen, bis es gelingt.

Johannes Rau, SPD-Kanzlerkandidat, (1986).

Farthmann entdeckt sich offenbar selbst als einen modernen Marx, getauft und gehalten vom SPD-Kanzlerkandidaten Johannes dem Täuscher.

Lorenz Niegel, CSU, über den nordrhein-westfälischen SPD-Politiker, (1986).

Dieser Herr Farthmann ist wirklich ein Relikt.

Inge Wettig-Danielmeier, ASF-Bundesvorsitzende, (1990).

Klaus-Dieter Feige

Da die Gefahr gering ist, daß ich zurücktrete, konnte er ruhig hinter mir stehen.

Klaus Töpfer, CDU, Bundesumweltminister, zu dem Bündnis 90/Die Grünen-Abgeordneten Klaus-Dieter Feige, der während seiner Rede hinter ihm stand, (1993).

Eigentlich wollte ich gar nicht herkommen, weil ich mir dachte: Was lohnt es sich, für 1 Milliarde hierherzukommen?

Der Bündnis 90/Die Grünen-Abgeordnete Klaus-Dieter Feige in Zusammenhang mit einer Sitzung zum Bundeshaushaltsgesetz 1993, (1992).

Jochen Feilcke

Ach, Sie sind doch ein Schwätzer. Von Ihnen habe ich in zweieinhalb Jahren im Bundestag nur dummes Geschwätz gehört.

Hubert Kleinert, Die Grünen, (1985).

Sie sind ein Schwachkopf!

Ottmar Schreiner, SPD, zu dem CDU-Abgeordneten Jochen Feilcke, der Schreiner einen Schreier genannt hatte, (1986).

Ach, Sie spinnen ja, Herr Feilcke.

Nils Diederich, SPD, (1986).

Hans Karl Filbinger

Der Vorwurf pragmatischer Flickschusterei gegenüber der Bundesregierung klingt seltsam aus dem Mund Filbingers, der seit einem halben Jahr von Eisscholle zu Eisscholle hüpft, nicht ohne dabei eigene Freunde ins Wasser zu stoßen.

Erhard Eppler, SPD-Oppositionsführer in Baden-Württemberg, über den CDU-Ministerpräsidenten, (1978).

Man kann Filbinger aus dem, was er bei Kriegsende unter den damaligen Verhältnissen getan hat, keinen Vorwurf machen. Aber man führt mit Ratten und Schmeißfliegen keine Prozesse.

Franz Josef Strauß, CSU-Vorsitzender, (1978).

Wenn Filbinger von ethischer Erneuerung spricht, so ist das, wie wenn ein Metzgermeister den Vegetarismus predigt.

Robert Antretter, SPD-Landesgeschäftsführer in Baden-Württemberg, (1979).

Walter Fisch

Hör doch auf! So ein Unsinn! Menschenräuber! Mörderbande!

Franz Josef Strauß, CSU, zu dem KPD-Abgeordneten Walter Fisch, (1950).

Mörderbande! Schweinebande! Anderes seid ihr nicht!

Franz Josef Strauß, CSU, zu Walter Fisch und den KPD-Abgeordneten im Bundestag, (1950).

Seit wann dürfen Mördervertreter hier sprechen?

Franz Josef Strauß, CSU, (1950).

Verbrecher laufen hier herum.

Franz Josef Strauß, CSU, (1950).

Wenn die deutsche Sprache zum Erröten bringen könnte, würden Sie jetzt dunkelrot werden.

Adolf Arndt, SPD, (1951).

Joseph (»Joschka«) Fischer

Das Monster mit den Zähnen.

Rolf Olderog, CDU, über den hessischen Grünen, (1985).

Die Aufmachung des Herrn Fischer ist ja allein schon eine Unverfrorenheit.

Helmut Kohl, CDU, Bundeskanzler, über den hessischen Umweltminister, (1986).

Joseph Fischer ist der Prototyp des gescheiterten Spontis.

Jutta Ditfurth, Die Grünen, (1991).

Ich denke, er ist omnipotent, er kann auch das.

Gisela Altmann, Bündnis 90/Die Grünen, (1994).

Herr Präsident, können Sie diesen Schreihals mal abstellen!

Wolfgang Schäuble, CDU/CSU-Fraktionschef, nach mehreren Zwischenrufen Joschka Fischers, (1995).

Außerhalb dieses Parlaments versucht Herr Fischer den Menschen den bürgerlich gewordenen Grünen mit Bauch und Jackett vorzuspielen.

Birgit Homburger, FDP, über den Chef der Grünen-Bundestagsfraktion, (1995).

Ich weiß nicht, ob Sie schon einmal auf dem Bau waren. Ich weiß nur, daß ein SPD-Politiker Sie einmal mit einer Dachlatte vom Bau verjagen wollte.

Heinz Schemken, CDU, (1995).

Sie sind und bleiben ein Trittbrettfahrer der Geschichte, kein Gestalter.

Helmut Kohl, CDU, Bundeskanzler, zu dem Fraktionsvorsitzenden der Grünen, Joschka Fischer, der eine Teilnahme am Großen Zapfenstreich abgelehnt hatte, (1995).

Das ist »Management by blue jeans« – von Nieten zusammengehalten.

Otto Graf Lambsdorff, FDP-Wirtschaftsexperte, zu den wirtschaftspolitischen Vorstellungen Joschka Fischers, (1996).

In Italien war der Olivenbaum das Symbol für eine neue Mehrheit. In Deutschland soll's wohl der Pflaumenbaum sein – mit Joschka Fischer als Oberpflaume.

Rudolf Scharping, SPD-Fraktionsvorsitzender, (1996).

Joschka läuft gerade mit wehenden Fahnen ins Lager von Verteidigungsminister Rühe über.

Ludger Volmer, Grünen-Außenpolitiker, (1996).

Herr Fischer, lachen Sie doch nicht wie ein Ziegenbock! Das ist ja wirklich kaum zu ertragen.

Wolfgang Schäuble, CDU, (1996).

Nach meiner Einschätzung würde Fischer selbst mit Teufels Großmutter paktieren, um an die Macht zu kommen.

Peter Hintze, CDU, über das »Nein« des Grünen-Chefs zu Koalitionen mit der PDS, (1996).

Herr Fischer, bei Ihrer Lautstärke könnten Sie, glaube ich, alleine ganze Fischer-Chöre bilden.

Hansgeorg Hauser, CSU, Parlamentarischer Staatssekretär im Bundesfinanzministerium, (1996).

Die Grünen begeben sich aufs PDS-Parkett. Während Trittin sich mit Gysi im Klammerblues übt, fordert Joschka Fischer die PDS zum Eiertanz auf.

Andreas Schmidt, CDU, Parlamentarischer Geschäftsführer der Unions-Fraktion, (1997).

Ich werde auch immer breiter in Bonn.

Über sich selbst, (1984).

Ich muß damit leben, daß mich bei den Grünen 85 Prozent für ein Arschloch halten.

Über sich selbst, (1994).

Heinrich Franke

Sie sind ein Heckenschütze!

Herbert Wehner, SPD, zu dem CDU-Abgeordneten Heinrich Franke, (1978).

Manneken-Pis.

Herbert Wehner, SPD, (1978).

Sie Lümmel!

Herbert Wehner, SPD, (1978).

Anke Fuchs

Die Frau Fuchs hat mich beinahe von dem Ziel abgelenkt darzustellen, warum ich glaube, daß die Leute klüger als die Sozialdemokraten sind. Das ist ja ein peinlicher Abstand.

Norbert Blüm, CDU, Bundesarbeitsminister, über die SPD-Politikerin, (1988).

Die Anke hat das Zeug, Bundeskanzler zu werden.

Helmut Schmidt, SPD, (1990).

Hans-Joachim Fuchtel

Sie sind ein Heuchler!

Peter W. Reuschenbach, SPD, (1993).

Georg Gallus

Herr Gallus, Sie haben bei den Bauern inzwischen den Ruf eines Schloßgeistes. Die Bauern wissen zwar, daß es Sie gibt, aber sie wollen Sie nicht mehr sehen.

Matthias Kreuzreder, Die Grünen, zu Georg Gallus, FDP, Staatssekretär im BML, (1988).

Herr Staatssekretär, hat die Bundesregierung Kenntnisse darüber, daß das Ganze vielleicht weniger ein Problem des Imports von Kälbern ist, sondern vielmehr der Ochsen, die die völlig verfehlte europäische Agrarpolitik zu verantworten haben?

Otto Schily, SPD, (1991).

Norbert Gansel

Das ist ein Stinktier.

Hermann Otto Solms, FDP, (1989).

Du bist ein arroganter Schnösel da vorn!

Hermann Fellner, CSU, zu dem SPD-Abgeordneten Norbert Gansel, (1990).

Joachim Gauck

Herr Gauck ist kein Gralshüter von eigenen Gnaden oder ein Bürgerrechtler höheren Ranges, sondern ein Beamter der Bundesrepublik Deutschland in der Besoldungsgruppe B 9.

Joachim Hörster, CDU, zur Weigerung Joachim Gaucks, Akten herauszugeben, (1992).

Peter Gauweiler

Wenn man Herrn Gauweiler und die CSU zum Thema Aids hört, hat man den Eindruck, daß für sie Kondome unter ein Vermummungsverbot gehören.

Guido Westerwelle, Bundesvorsitzender der Jungen Liberalen, über den CSU-Politiker, (1987).

Die Bundesrepublik ist voll von Gauweilereien.

Heike Wilms-Kegel, Die Grünen, (1987).

Es gibt viele Langweiler und Kurzweiler, aber nur einen GAUweiler.

Ernst Waltemathe, SPD, (1987).

Ein nicht zugerittener wilder Hengst, der einen starken Reiter braucht.

Erich Kiesl, CSU-Landtagsabgeordneter, (1988).

Gauweiler ist fällig. Er ist kein Ehrenmann. An seiner Entlassung führt kein Weg vorbei.

Manfred Fleischer, Fraktionssprecher der bayerischen Grünen, (1994).

Gauweiler hat den Landtag bewußt getäuscht und mit der Unwahrheit bedient.

Albert Schmid, SPD-Fraktionschef in München, (1994).

Nazis verpißt euch, nur Gauweiler vermißt euch.

Parole der »Antifaschistischen Aktion« bei der Demonstration für die umstrittene Wehrmacht-Ausstellung in München, (1997).

Herr Gauweiler ist ein durchgeknallter Provinzpolitiker, der in Vergessenheit geriet und jetzt die Ausstellung benutzt, um wieder in die Spitze der eigenen Partei zu gelangen.

Hannes Heer, Historiker und Leiter der Wehrmacht-Ausstellung, (1997).

Ich bin nicht gefährdet, ich bin gefährlich.

Über sich selbst, (1988).

Norbert Geis

Herr Geis, geben Sie doch Ihre Rede zu Protokoll! Sie wissen doch eh schon, was Sie sagen wollen.

Peter Struck, SPD, über den CDU-Abgeordneten, (1993).

Heiner Geißler

Was der CDU-Generalsekretär sagt, ist nichts anderes als das Bellen des getroffenen Hundes.

Norbert Schäfer, CSU-Landesgruppensprecher, (1979).

Herr Geißler ist heute wieder aus der Rolle gefallen. Der Erzverleumder der CDU ist keine Antwort wert.

Willy Brandt, SPD-Vorsitzender, (1983).

Raufbold der Regierung.

Johannes Rau, SPD, nordrhein-westfälischer Ministerpräsident, (1984).

Wer etwas zu sagen hat, Verbesserungsvorschläge zu machen hat, der soll das offen, ehrlich, mit offenem Visier intern sagen, aber sich nicht an öffentlicher Rumnörgelei beteiligen.

Hans-Dietrich Genscher, FDP, Bundesaußenminister, (1984).

Werde nicht unverschämt! Ein bißchen mehr Verklemmtheit würde Ihnen gut zu Gesichte stehen, Herr Geißler!

Gabriele Gottwald, Die Grünen, (1984).

Büttenredner.

Freimut Duve, SPD, (1984).

Politischer Flurbeschädiger der Nation.

Wolfgang Warburg, ÖTV-Vorstandsmitglied, (1985).

Herr Bundespropagandaminister.

Ottmar Schreiner, SPD, (1985).

Sie sind nicht nur der größte und bösartigste Verleumder dieser Republik, Sie sind auch der übelste und schamloseste Pharisäer dieses Landes.

Ottmar Schreiner, SPD, (1985).

Ein Hetzer ist er, seit Goebbels der schlimmste Hetzer in diesem Land.

Willy Brandt, SPD-Vorsitzender, (1985).

Das übelste Exemplar jener Sprechblasen-Unkultur, die Bonn den Menschen so weit entfremdet hat, wie es heute steht.

Wolfgang Clement, SPD-Vorstandssprecher, (1986).

Ein Sonderpreis für Heuchelei und Demagogie kommt auch diesmal wieder Ihrem Generalsekretär Geißler zu.

Herta Däubler-Gmelin, SPD, (1986).

Ein Schimpfer und Spucker.

Peter Glotz, SPD, (1986).

Wenn Kohl im Wahlkampf keine Schimpfkanonade wünscht, sollte er seinen Generalsekretär Geißler für einige Monate in ein Trappistenkloster schicken.

Johannes Rau, SPD-Kanzlerkandidat, (1986).

Wenn der Geißler ständig die Sau durchs Land jagt, müssen wir eine Horde Eber hinterherschicken.

Michael Guggemos, Vorsitzender der Jungsozialisten in der SPD, (1987).

Wenn der Generalsekretär der CDU sagt, rechts ist nichts zu holen – der wird sich noch wundern.

Franz Josef Strauß, CSU-Vorsitzender, (1987).

Er will das Koordinatensystem nach links verschieben.

Friedrich Zimmermann, CSU, Bundesinnenminister, (1987).

Geißler wird nicht Verteidigungsminister, eher wird Rita Süssmuth deutsche Schönheitskönigin.

Franz Josef Strauß, CSU-Vorsitzender, (1987).

Herr Geißler müßte es fertigbringen, Sterntaler regnen zu lassen, oder er müßte einen Goldesel finden.

Otto Graf Lambsdorff, FDP, über die Forderung des CDU-Generalsekretärs, das Kindergeld zu erhöhen, (1988).

Herr Kollege Geißler, warum denken Sie eigentlich, wenn jemand pfeift, zuerst an Lokomotive und nicht an Pfeife?

Otto Graf Lambsdorff, FDP, zu einem Vergleich Heiner Geißlers zwischen Hans-Jochen Vogel und einer Lokomotive, (1988).

Dieser verklemmte Herz-Jesu-Marxist nennt sich Christ. Wenn der Herr Geißler ein Christ ist, dann bin ich der Heilige Franziskus.

Franz Schönhuber, Chef der Republikaner-Partei, bei einer Aschermittwochsveranstaltung im bayerischen Cham, (1989).

Geißler lutscht seit Jahren die alte Kamelle vom rot-grünen Chaos. Sie ist wie ein Bonbon, das in den Schmutz gefallen ist. Es ist zwar noch süß, aber es schmeckt niemandem mehr.

Oskar Lafontaine, stellvertretender SPD-Vorsitzender, (1989).

Gott erhalte uns den Herrn Geißler.

Franz Schönhuber, Vorsitzender der Republikaner, (1989).

Dem »Spiegel« dieser Woche entnehme ich, daß der Absturz des Kollegen Geißler samt Fallschirm von der Krone zweier Kiefern von ihm selbst auf den schlechten Zustand der Wälder zurückgeführt wird.

Klaus-Dieter Feige, Bündnis 90/Die Grünen, (1992).

Heiner Geißler hat sich von einem Vor- und Querdenker zu einem Querschläger entwickelt.

Erwin Huber, CSU, Chef der bayerischen Staatskanzlei, (1995).

Wenn ich der heimliche Kanzler bin, dann ist Helmut Kohl der Heilige Vater.

Über sich selbst, (1987).

Hans-Dietrich Genscher

Edelkurtisane zwischen zwei Monarchen.

Franz Josef Strauß, CSU-Vorsitzender, über den Bundesaußenminister und FDP-Chef, (1977).

Genscher mit seinen vielen Reden. Diese Phrasen. Das ist doch Kunsthonig.

Franz Josef Strauß, CSU-Vorsitzender, (1978).

Genscher hat uns in den letzten Monaten im Schwitzkasten gehabt.

Rainer Offergeld, SPD, Bundesentwicklungsminister, (1982).

Daß Genscher springt, glaube ich erst, wenn er auch bei uns gelandet ist. Sonst dreht der sich in der Luft noch mal um.

Helmut Kohl, CDU-Vorsitzender, (1982).

Genscher hat von einer Schicksalswahl gesprochen, jetzt muß er das Schicksal in die eigenen Hände nehmen.

Heiner Geißler, CDU-Generalsekretär, (1982).

Genscher müßte fünf Meter groß sein, um den Spagat zu beiden Ufern noch zu schaffen.

Franz Josef Strauß, CSU, Ministerpräsident von Bayern, (1982).

Herr Genscher hat gesagt, die FDP werde den Wechsel schaffen. Ich sage: Der Wechsel ist geplatzt.

Holger Börner, SPD, hessischer Ministerpräsident, (1982).

Ohne einen Rücktritt Genschers hat die Partei keine Überlebenschance.

Helga Schuchardt, FDP, (1982).

Genscher ist wie ein Fußballer, der unentwegt vor dem gegnerischen Tor dribbelt und auf ein Foul wartet, um dann einen sicheren Elfmeter schießen zu können.

Walter Scheel, Ehrenvorsitzender der FDP, (1982).

Der wird doch jetzt zu Edeka-Discount-Preisen gehandelt.

Klaus Bölling, SPD, Regierungssprecher, (1982).

Kohl verdankt seine Kanzlerschaft einem Wortbruch der FDP und ihres Vorsitzenden Genscher.

Herbert Wehner, Vorsitzender der SPD-Bundestagsfraktion, (1983).

Der Besuch dieses Bundesministers des Auswärtigen in einem anderen Land läßt sich grundsätzlich nie ausschließen.

Peter Boenisch, CDU, Regierungssprecher, (1984).

Eine Fregatte, die sich selbst abtakelt.

Horst Ehmke, stellvertretender SPD-Fraktionschef, (1984).

Was seine Heimat Halle an der Saale betrifft, ist er ein Patriot. Bei Breslau bin ich mir da nicht so sicher.

Herbert Hupka, Vorsitzender der Landsmannschaft Schlesien, (1985).

Eine Art permanenter Lordsiegelbewahrer der deutschen Außenpolitik – nur zu sagen hat er nichts.

Willy Brandt, SPD-Vorsitzender, (1987).

Ich mag Genscher. Ich schätze seinen Humor und seine politische Schlauheit.

Oskar Lafontaine, stellvertretender SPD-Vorsitzender, (1987).

Niemand kann Hans-Dietrich Genscher zufällig treffen. Er hat es sich nämlich zum Prinzip gemacht, überall zu sein.

Oskar Lafontaine, stellvertretender SPD-Vorsitzender, (1988).

Als eingefleischter Liberaler hat Genscher stets die Extreme gescheut. So kam er schon als Kompromiß auf die Welt.

Oskar Lafontaine, stellvertretender SPD-Vorsitzender, (1988).

Ich habe während der ganzen Rede immer nur Strauß gehört. Strauß, Strauß, Strauß. Und, Frau Kollegin, Sie müssen lernen, zwischen den Ohren zu hören. Der Bundesaußenminister kann das schon lange.

Ulrich Irmer, FDP, (1988).

Er hat ein Faible für alles, was links und schräg ist.

Jürgen W. Möllemann, FDP, (1989).

Es könnte vielleicht eine Ironie der Geschichte sein, Herr Genscher, daß in dem Moment, in dem Sie sich politisch so durchsetzen in dieser großen Koalition, Ihre Partei verschwinden könnte.

Antje Vollmer, Die Grünen, (1989).

Bei Herrn Genscher darf man nicht frei reden.

Hildegard Hamm-Brücher, FDP, (1990).

Viermal werden wir noch wach – heißa, dann ist Genscher-Tag.

Jürgen W. Möllemann, FDP, Bundesbildungsminister, (1990).

Ich bin Genschers politischer Ziehsohn.

Klaus Kinkel, FDP, Bundesaußenminister, (1992).

Auch in der Vergangenheit hat sich die Aufgabenteilung bewährt: Genscher als Friedensfürst und Graf Otto als Klopper mit der Krücke.

Jürgen W. Möllemann, nordrhein-westfälischer FDP-Vorsitzender, in einem Interview auf die Frage, ob er seine Rolle in der FDP auch als Wadenbeißer gegen die Koalitionspartner sehe, (1993).

Wenn ich mal nicht mehr im Amt bin, mache ich eine Consulting-Firma auf und berate Minister, wie man möglichst lange im Amt bleibt.

Über sich selbst, (1984).

Ich bin der Fels in der Brandung der Außenpolitik.

Über sich selbst, (1985).

Einen mit denselben Ohren – das wird die Biogenetik nie schaffen.

Über sich selbst, (1986).

Zu einem Zeitpunkt, zu dem andere ihre Karriere planen, wußte ich nicht einmal, ob ich überhaupt eine Zukunft habe.

Über sich selbst, (1990).

Auf den Komoren und Azoren
Erkennt man mich an meinen Ohren.

Über sich selbst, (1992).

Wolfgang Gerhardt

Ich bin Gerhardts Generalsekretär, aber nicht sein Hausdiener.

Guido Westerwelle, FDP-Generalsekretär, auf die Frage, ob man dem neuen Parteichef schon eine Wohnung in Bonn besorgt habe, (1995).

Johannes Gerster

Ich gucke nicht böse. Ich habe früher viel böser geguckt, aber seit ich Sie kenne, Herr Gerster, bin ich schon viel freundlicher geworden. Schön, daß Sie da sind.

Günter Graf, SPD, über den CDU-Politiker, (1992).

Michael Glos

Michael Glos, CSU: Herr Staatssekretär, treffen Pressemeldungen zu – wie in der »Westfälischen Rundschau« vom 24. Januar 1980 –, daß die staatliche Hilfsaktion für die Hoesch AG, die Sie eben geschildert haben, auch auf Drängen des Bundeskanzlers zustande gekommen ist?

Herbert Wehner, SPD: Jetzt übernimmt er die Rolle des Haasen!
Erwin Stahl, SPD: Das trifft nicht zu, Herr Kollege Glos. Sie sprechen, wenn ich das richtig im Gedächtnis habe, die Frage des Kollegen Haase [d. i. Lothar Haase, CDU, Anm. d. Hrsg.] an.
Michael Glos, CSU: Einen Teil!
Erwin Stahl, SPD: Ich habe einmal die Daten der Fragestellung und den Tag der Zeitungsmeldung in der »Westfälischen Rundschau« überprüft. Dort ist von einer Aussage des Kanzlers in diesem Bereich, wenn ich nichts übersehen habe, nichts vermerkt.
Herbert Wehner, SPD: Deshalb sitzt Herr Haase heute nicht hier, sondern überläßt es diesem Tünnes!
Carl-Dieter Spranger, CSU: Obertünnes!

Aus einer Debatte des Deutschen Bundestages vom 5. März 1980.

Peter Glotz

Wenn Genscher sich aufregt, ist das nicht weiter schlimm. Schlimm ist, daß, wenn Genscher hustet, keucht oder schnupft, Glotz meint, die Jusos wegen eines grippalen Infekts behandeln zu müssen.

Willi Piecyk, Bundesvorsitzender der Jungsozialisten in der SPD, (1981).

Peter Glotz ist ein potenter Mann. Besonders mit dem Munde.

Antje Vollmer, »wegrotierte« Bundestagsabgeordnete der Grünen, in einem Beitrag für die »tageszeitung« über den SPD-Bundesgeschäftsführer, (1985).

Der schreibt schon an der Bundestagswahlanalyse für 1987.

Bodo Hombach, Wahlkampf-Manager von Johannes Rau, über den SPD-Bundesgeschäftsführer, der im Urlaub an einem neuen Buch arbeitet, (1986).

Zur Argumentation der SPD: Eine Argumentationskette lautet: Wir waren nicht beteiligt, aber wir haben viel erreicht. Dann gibt es die nächste Argumentationskette: Die Hilfe für die DDR ist viel zu gering; man müßte viel mehr machen. Aber es kostet zu viel Geld. Dann gibt es eine dritte Argumentationsreihe: Wir stimmen mit Ja zum Vertrag, aber wir lehnen den Inhalt ab. Die letzte derartige Argumentationsreihe habe ich von Herrn Glotz gehört: Sie haben viele Monate versäumt, aber es geht viel zu schnell.

Norbert Blüm, CDU, Bundesarbeitsminister, (1990).

Günter Goetzendorff

Sie sollten andere nicht in den Gossen suchen, wo Sie spazierengehen!

Hans Schütz, CSU, zu dem fraktionslosen Abgeordneten Günter Goetzendorff, (1952).

Alfons Goppel

Goppel ist ein gebildeter Mann. Das ist in der deutschen Politik nicht mehr selbstverständlich.

Helmut Kohl, CDU, Bundeskanzler, (1985).

Ich will nicht mein Nachfolger werden.

Alfons Goppel, bayerischer Ministerpräsident, über sich selbst, (1977).

Thomas Goppel

Goppel soll den Mund halten.

Gerhard Glogowski, SPD, niedersächsischer Innenminister, zur Kritik des bayerischen Umweltministers Thomas Goppel, CSU, die Polizei gehe in Gorleben zu weich gegen Demonstranten vor, (1997).

Wenn es Emissionsgrenzwerte für heiße Luft gäbe, wäre die Anlage Goppel längst stillgelegt.

Manfred Fleischer, Fraktionsvorsitzender von Bündnis 90/Die Grünen im bayerischen Landtag, (1997).

Monika Griefahn

Wir haben mit Umweltministerin Griefahn schon einen Paradiesvogel. Einen zweiten brauchen wir nicht.

Hermann Rappe, SPD, über die niedersächsische SPD-Umweltministerin, (1997).

Ekkehard Gries

Wer so wackelt, kann gar nicht gewählt werden.

Johannes Rau, stellvertretender SPD-Vorsitzender, über die hessischen FDP-Politiker Gries und Hoffie, (1982).

Herbert Gruhl

Sie sind eine Karikatur!

Herbert Wehner, SPD, zu dem CDU-Abgeordneten Herbert Gruhl, (1971).

Karl Theodor Freiherr von und zu Guttenberg

So ein Schafskopf!

Adolf Arndt, SPD, über den CSU-Abgeordneten Freiherr von und zu Guttenberg, (1959).

Unerhörter Scharfmacher!

Ein Abgeordneter der SPD, (1959).

Gregor Gysi

Ich frage mich, wie lange die Erbschleicher des Stalinismus, die Herren Gysi, Kohl und Lambsdorff, noch warten wollen, bis sie das unrechtmäßig erworbene Parteivermögen auf Heller und Pfennig an das Volk zurückgeben.

Oskar Lafontaine, SPD-Kanzlerkandidat, über den PDS-Politiker, (1990).

Wenn Sie hier Kritik üben, Herr Gysi, und die anderen Angehörigen Ihrer Fraktion, dann kommt mir das vor, als wenn der Brandstifter die Feuerwehr wegen zu langsamer Arbeit kritisiert.

Hans-Dietrich Genscher, FDP, Bundesaußenminister, (1991).

Wer 40 Jahre neben dem Teufel hergelaufen ist, der stinkt auch nach Schwefel. Daran sollten wir uns erinnern: Deshalb geht es mir auch auf die Nerven, wenn sich der Herr Gysi bei uns hinstellt und so tut, als sei er der beauftragte Sprecher der Menschen hier.

Hans-Jochen Vogel, SPD-Bundesvorsitzender in Neuruppin, über die ehemaligen DDR-Blockparteien und den PDS-Vorsitzenden Gregor Gysi, (1991).

Das ist ein Fall für den Staatsanwalt. Gysis Verhalten ist schlicht kriminell.

Jürgen Rüttgers, Parlamentarischer Geschäftsführer der CDU/CSU-Bundestagsfraktion, (1991).

Ein freundlich lächelnder Gysi verdeckt den Misthaufen leider nicht, der sich darunter verbirgt.

Rudolf Scharping, SPD-Kanzlerkandidat, (1994).

Wenn Gregor Gysi mit seiner PDS der Wohltäter der neuen Länder sein soll, dann war der Brandstifter Nero der Retter von Rom.

Guido Westerwelle, FDP, (1994).

Gysi und Lafontaine: die gefährlichste Verbindung seit Nitro und Glyzerin.

Andreas Schmidt, Parlamentarischer Geschäftsführer der CDU/CSU-Bundestagsfraktion, (1995).

Ich fürchte, allmählich an Persönlichkeit zu verlieren und damit wie viele andere Politiker zu werden.

Gregor Gysi, PDS-Chef, zur Begründung seiner Amtsaufgabe, (1992).

Lothar Haase

Das ist ein unverfrorener Bursche!

Herbert Wehner, SPD, über den CDU-Abgeordneten Lothar Haase, (1965).

Sie Herr Kollege Haase – vielleicht darf ich Sie eben beim Zeitunglesen stören –, tun mir besonders leid, denn bei jedem Schmierentheater darf wenigstens derjenige, der aus der Kulisse hervortritt, sagen: »Herr Graf, die Pferde sind gesattelt.« Sie müssen aus der Kulisse hervortreten und dürfen nur ein Buchpaket überreichen. Dies ist wirklich eines Abgeordneten und eines Teilnehmers an der Debatte nicht ganz würdig.

Hans Apel, SPD, Bundesfinanzminister, (1975).

Gerald Häfner

Ist das der Verkommene?

Zuruf eines CDU/CSU-Abgeordneten zur Person des Grünen-Abgeordneten Gerald Häfner, (1987).

Hildegard Hamm-Brücher

Bei uns kann ja jeder alles werden.

Margarete Funke-Schmitt-Rink, FDP, über die Bundespräsidentschaftskandidatin ihrer Partei, (1994).

Ich habe nie zur Mende-Partei gehört, und dies ist hier schlimmer als die Mende-Partei.

Über sich selbst, (1982).

Schauen Sie doch nicht so, als würde ich ins Grab fallen.

Über sich selbst, nach ihrer verlorenen Wahl ins Parteipräsidium, (1982).

Franz Handlos

Handlos spürt den eisigen Wind der politischen Einsamkeit.

Godel Rosenberg, CSU-Sprecher, (1983).

Karl-Heinz Hansen

Ich weiß nicht, ob Hansen im Vollbesitz seiner Gesundheit ist, manchmal möchte ich das in Zweifel ziehen.

Egon Franke, SPD, Bundesminister für innerdeutsche Beziehungen, über den Kanzlerkritiker Karl-Heinz Hansen, SPD, (1981).

Wenn mir das dritte Mal jemand das Hosenbein naß macht, und ich sage ihm, beim vierten Mal kriegst du was hinter die Löffel, dann kann er auch damit rechnen, daß ihm beim vierten Mal der Kopf von den Schultern fällt.

Hans-Otto Bäumer, Vorsitzender des SPD-Bezirks Niederrhein, über den renitenten Bundestagsabgeordneten Karl-Heinz Hansen, (1981).

Kai-Uwe von Hassel

Ich will Ihnen sagen, was Sie sind: Sie sind ein Verleumder!

Helmut Schmidt, SPD, über den Verteidigungsminister, CDU, (1966).

Sie haben nicht das mindeste Recht, die Angehörigen der Bundeswehr mit Ihrer eigenen, höchst unwichtigen Person zu identifizieren.

Helmut Schmidt, SPD, (1966).

Wilfried Hasselmann

Hasselmann hat einmal erklärt, er wolle nicht erst zurücktreten, wenn ihm »der Kalk aus der Hose rieselt«. Was tut er aber, wenn ihm – wie jetzt – unentwegt der braune Torf aus der Hose rauscht?

Jürgen Trittin, Fraktionsvorsitzender der Grünen im niedersächsischen Landtag, zu der Äußerung des CDU-Landesvorsitzenden Wilfried Hasselmann, daß eine Zusammenarbeit von Christdemokraten mit den rechtsextremen »Republikanern« nicht generell ausgeschlossen werden dürfe, (1989).

Ingomar Hauchler

Das Alter möchte ich nicht bekanntgeben. Er sieht jedenfalls älter aus, als er ist.

Peter Struck, SPD, anläßlich eines Geburtstagsglückwunsches an seinen Fraktionskollegen Hauchler, (1989).

Volker Hauff

Soda-Minister.

Peter Milz, CDU-Bundestagsabgeordneter, über Verkehrsminister Hauff, SPD, der angesichts der Etat-Kürzungen für den Straßenbau nur noch »so dastehe«, ähnlich wie zahlreiche Straßenbrücken ohne die zugehörige Verkehrsanbindung, (1981).

So ein feiger Hund!

Eberhard Bueb, Die Grünen, (1986).

Herr Hauff tönt seit Tagen von sich verdichtenden Verdachtsmomenten, aber der einzige, der hier dichtet, ist bisher er selbst.

Rolf Müller, umweltpolitischer Sprecher der CDU-Fraktion im hessischen Landtag, (1988).

Hansheinz Hauser

Wild gewordener Gartenzwerg.

Ottmar Schreiner, SPD, (1990).

Helmut Haussmann

Jetzt hakt der Haussmann langsam aus.

Lothar Späth, CDU, Ministerpräsident von Baden-Württemberg, (1988).

Constantin Freiherr Heeremann von Zuydtwyck

Für Freiherr von Heeremann gilt sozusagen: Wer Wind sät, wird Eier ernten.

Jürgen W. Möllemann, FDP, Bundeswirtschaftsminister, über den Bauernpräsidenten, (1992).

Ulrich Heinrich

Zur Mengenbegrenzung von Wein: Als Weinbaupolitiker stammend aus Baden-Württemberg hat man da so seine Probleme. Ich denke besonders an den Trollinger, der wegen seiner hohen Qualität und seines begrenzten Angebots in vielen Jahren nicht verkauft, sondern zugeteilt werden mußte. Manchmal gehen wir sogar ganz besondere Wege: Bei Gesellschaften bekommen die Männer ein kleines Schnapsgläschen voll Wein, und die Damen bekommen einen Tropfen Wein auf die Stirn verrieben.

Der baden-württembergische FDP-Abgeordnete Heinrich über sich selbst, (1987).

Steffen Heitmann

Meine Großmutter mit 82 Jahren, die das klassische Bild des CDU-Wählers darstellt, sagte zu mir: Ich weiß nicht, was die CDU mit einem Steffen Heitmann will. Ich würde bei diesem Mann nicht mal eine Versicherung oder einen

Staubsauger kaufen, geschweige denn, ihn als Bundespräsidenten nehmen.

Christoph Neisius, CDU-Ortsvorsitzender von Losheim-Britten im Saarland, (1993).

Ich habe mit Heitmann eines gemeinsam: Wir beide sind nicht qualifiziert. Es gibt nur einen Unterschied: Ich weiß es.

Ignatz Bubis, Vorsitzender des Zentralrats der Juden in Deutschland, über den zurückgetretenen Unions-Kandidaten für das Amt des Bundespräsidenten und sächsischen Justizministers, CDU, (1993).

Wir Bayern sind ja nun weltoffen und sind auch bereit, einen Ossi zu wählen.

Erwin Huber, CSU-Generalsekretär, (1993).

Wenn er die freie Wahl hätte, da bin ich sicher, daß er in der CSU wäre.

Michael Glos, CSU-Landesgruppenchef, (1993).

Muß ich etwas zu Herrn Heitmann sagen? Ich glaube, zu Herrn Heitmann muß man nicht sehr viel sagen.

Rudolf Scharping, SPD-Chef, (1993).

Hans-Olaf Henkel

Statt mit Hans-Olaf Henkel zu reden, könnte ich auch ins Senckenberg-Museum gehen und mit den Gips-Dinosauriern einen gepflegten Diskurs abhalten.

Joschka Fischer, Fraktionschef der Grünen, über BDI-Chef Hans-Olaf Henkel, (1997).

Ottfried Hennig

Sie sind ein eloquenter Narr.

Torsten Lange, Die Grünen, über den damaligen Parlamentarischen Staatssekretär, Ottfried Hennig, CDU, (1986).

Alfred Herrhausen

Der Herr Herrhausen von der Deutschen Bank ist doch in Wahrheit sehr viel mächtiger als der Herr Kohl, selbst wenn dieser anders wäre, als er ist.

Rudi Walther, Haushaltsexperte der SPD-Bundestagsfraktion, (1985).

Roman Herzog

Ich wünsche ihm eine sichere Hand, eine klare Sprache und als Partner im Bundeskanzleramt Rudolf Scharping.

Johannes Rau, SPD, Ministerpräsident von Nordrhein-Westfalen, (1994).

Ich kann nicht lügen, weil ich mir einfach nicht merken kann, was ich früher gesagt habe.

Roman Herzog, ab 1. 7. 1994 Bundespräsident, über sich selbst, (1994).

Was ich gesagt habe, habe ich gesagt. Ich mache eine Amtszeit, und dann sind mich die Deutschen los.

Über sich selbst, (1996).

Theodor Heuss

Er war ein nachkriegsdeutscher Glücksfall.

Willy Brandt, SPD-Vorsitzender, über den ersten deutschen Bundespräsidenten, FDP, (1984).

Günther Heyenn

Aufgeblasener Schwätzer.

Dietmar Kansy, CDU, (1989).

Auch ich möchte einen Ordnungsruf!

Der SPD-Abgeordnete Günther Heyenn zu Vizepräsident Richard Stücklen, CSU, (1990).

Stefan Heym

Möglich, daß mich die Falschen wählen, aber sie wählen den Richtigen.

Der Schriftsteller und PDS-Abgeordnete über sich selbst, (1994).

Anton Hilbert

Herr Hilbert, Sie haben die größten Kartoffeln!

Otto Heinrich Greve, SPD, zu dem CDU-Abgeordneten Anton Hilbert, (1958).

Ich habe aus dem Protokoll insbesondere ersehen, daß Herr Kollege Dr. Greve während der Rede des Herrn Kollegen Benda gegen den Kollegen Hilbert einen Zuruf des Inhalts gemacht hat, er habe die größten Kartoffeln. Das war zweifellos eine Anspielung auf den bekannten Spruch von dem dümmsten Bauern und den dicksten Kartoffeln.

Max Becker, FDP, Vizepräsident, (1958).

Peter Hintze

Ich freue mich schon auf den Besuch von Herrn Hintze und werde ihn zu einer Tasse Kaffee einladen.

Günter Verheugen, SPD-Bundesgeschäftsführer, zur Ankündigung einer Demonstration der CDU-Seniorenunion mit CDU-Generalsekretär Hintze vor der SPD-Zentrale, (1993).

Burkhard Hirsch

Wo wollen Sie angesichts einer Regierung, die von Skandal zu Skandal läuft, in der es kaum einen Minister gibt, der nicht Dreck am Stecken hat, der nicht zwielichtig ist – und jetzt noch die Boenisch-Affäre –, eigentlich noch hin? Wo soll dieser Staat noch hintreiben?

Klaus Immer, SPD, (1985).

Das ist auch so ein Bombenleger, der Herr Hirsch. Der legt auch Bomben.

Christian Schmidt, Die Grünen, (1986).

Sie sind ein bezahlter Volksverhetzer, Herr Hirsch!

Christian Schmidt, Die Grünen, (1986).

Wer reitet so spät durch Nacht und Wind
Das ist der Abgeordnete Hirsch, und der spinnt.

Rudolf Wickel, FDP, auf eine Bonn-Erklärung seines Bundestagskollegen Burkhard Hirsch, FDP, (1991).

Hermann Höcherl

Herr Mithörminister.

Fritz Erler, SPD, über den Bundesminister des Innern, Hermann Höcherl, CSU, (1964).

Lügt wie der Strauß.

Fritz Eschmann, SPD, (1965).

Sie Strolch!

Herbert Wehner, SPD, (1965).

Herr Minister, darf ich Ihrer Antwort bezüglich des Wetters entnehmen, daß Sie eine verbindliche Absprache mit Petrus haben und sich in Zukunft Petrus-Höcherl nennen werden?

Josef Ertl, FDP, Bundesminister für Ernährung, Landwirtschaft und Forsten, zu der Bemerkung von Hermann Höcherl, das Wetter sei auf seiner Seite, bei der Ernte und auch hier, (1967).

Paul Hoffacker

Arroganter Schnösel.

Peter Conradi, SPD, auf die Bemerkung des CDU-Abgeordneten Paul Hoffacker, die Grünen verwechseln den Haushaltsausschuß mit dem Sandkasten, (1983).

Klaus-Jürgen Hoffie

Aber eine freche Schnauze haben Sie!

Dionys Jobst, CSU, zu dem FDP-Abgeordneten Klaus-Jürgen Hoffie, (1979).

Der Hoffie ist doch einer, der seine Großmutter zum Scheibenschießen verleiht.

Holger Börner, SPD, hessischer Ministerpräsident, über seinen FDP-Wirtschaftsminister, (1982).

Christine Hohmann-Dennhardt

Die hessische Justizministerin Christine Hohmann-Dennhardt (SPD) gehört ins Guinness-Buch der Rekorde, aber nicht ins Justizministerium.

Christian Wagner, CDU-Landtagsabgeordneter, nach der – laut CDU-Zählung – 24. und 25. Flucht von Strafgefangenen aus hessischen Strafanstalten im laufenden Jahr, (1993).

Bärbel Höhn

Es ist schon ein seltsames Gefühl, plötzlich Chefin in einem Ministerium zu sein, vor dem ich noch vor einem halben Jahr demonstriert habe.

Bärbel Höhn, Die Grünen, nordrhein-westfälische Umweltministerin, über sich selbst, (1995).

Barbara Höll

Es ist schade, daß bei dieser Gelegenheit das Mikrofon nicht ausfällt.

Eduard Oswald, CSU, während einer Rede der PDS-Abgeordneten Barbara Höll, (1992).

Erich Honecker

Empfangt ihn als einen unserer Brüder.

Helmut Schmidt, SPD, Bundeskanzler a. D., zum bevorstehenden Besuch des DDR-Staatsratsvorsitzenden Erich Honecker, (1987).

Erich Honecker hat sich hier, mit unserem Willen oder von uns geduldet, zum Kaiser erhoben. Er hat siebzehn Millionen Menschen über einen langen Zeitraum in den Dreck getreten.

Bernd Kocklick, SED-Delegierter aus Eisenhüttenstadt, (1989).

Es ist ein Witz der Weltgeschichte, daß Honecker der letzte Botschaftsflüchtling der DDR ist.

Hans-Jochen Vogel, früherer SPD-Fraktionsvorsitzender zur Flucht des Ex-DDR-Staatschefs in die chilenische Botschaft in Moskau, (1991).

Für Honecker ist die größte Strafe, die ganze Zeit mit seiner Frau in einem Zimmer zu hocken.

Heinz Eggert, CDU, sächsischer Innenminister, (1992).

Es spottet den Opfern Hohn, daß der Diktator Honecker, der die Verantwortung für das größte Gefängnis auf deutschem Boden, für Folter und zigfachen Mord trägt, jetzt von uns Rente bekommt.

Peter Hintze, CDU-Generalsekretär, (1993).

Honecker frei – Modrow schuldig. Das wäre ein irrer Treppenwitz.

Egon Bahr, SPD, (1993).

Honecker geht schon aus gesundheitlichen Gründen nicht mehr.

Wolfgang Schäuble, Vorsitzender der CDU/CSU-Bundestagsfraktion, auf dem kleinen Parteitag der brandenburgischen Christdemokraten in Jeserig nahe Potsdam zur Diskussion um den Nachfolger von Bundespräsident Richard von Weizsäcker, (1993).

Eine verflucht deutsche Biographie ist zu Ende gegangen.

Wolfgang Thierse, stellvertretender SPD-Vorsitzender, zum Tod Erich Honeckers, (1994).

Margot Honecker

Etwas gewagt, Margot Honecker mit Marie Antoinette zu vergleichen.

Horst Eylmann, Vorsitzender des Bonner Schalck-Untersuchungsausschusses, zu einem Brief des früheren BND-Präsidenten Hans-Georg Wieck. Wieck hatte darin die DDR-Regierung als »Ancien Régime«, die absolutistische Monarchie vor der Französischen Revolution, bezeichnet, (1991).

Hannegret Hönes

Der Ekel ist in Ihnen personifiziert!

Wilhelm Jung, CDU, zu der Grünen-Abgeordneten Hannegret Hönes, die die Art und Weise der politischen Auseinandersetzung des CSU-Abgeordneten Theo Waigels als ekelerregend bezeichnete, (1986).

Willi Hoss

Der Mann war nicht einmal in den Beratungen anwesend und schwätzt hier solches Zeug. Dummschwätzer Hoss!

Johannes Gerster, CDU, über den Grünen-Abgeordneten Willi Hoss, (1989).

Erwin Huber

Ohne Herrn Huber kann ich mir eine Europäische Währungsunion vorstellen, aber nicht ohne Frankreich.

Ingrid Matthäus-Maier, finanzpolitische Sprecherin der SPD, zu Überlegungen des bayerischen Finanzministers Erwin Huber (CSU), den Euro auch ohne Frankreich einzuführen, (1997).

Heinz Werner Hübner

Heuchelbruder!

Ottmar Schreiner, SPD, zu dem FDP-Abgeordneten Heinz Werner Hübner, (1992).
Ebenso Günter Schluckebier, SPD, (1992).

Herbert Hupka

Verehrter Herr Hupka und Renegat.

Egon Höhmann, SPD, zu dem CDU-Abgeordneten [vormals SPD und fraktionslos, Anm. d. Hrsg.] Herbert Hupka, (1975).

Heinz-Günther Hüsch

Lümmel.

Herbert Wehner, SPD, zu dem CDU-Abgeordneten Heinz-Günther Hüsch, (1977).

Ulrich Irmer

Das Parlament könnte hervorragend funktionieren, wenn es nur die schrecklichen Abgeordneten nicht gäbe.

Ulrich Irmer, FDP, über sich und seine Kollegen, (1987).

Richard Jaeger

Sie armer Irrer!

Otto Niebergall, KPD, zu dem CSU-Abgeordneten Richard Jaeger, (1950).

Das ist der Kriegshetzer! Dieser Ton!

Helmut Schmidt, SPD, (1957).

Der Kopfjäger von Formosa!

Richard Schröter, SPD, (1958).

Die Macht selbst ist weder gut noch böse; das hängt ganz von ihrem Gebrauch ab. Deshalb möchte ich mit der Bemerkung schließen, die ich dem Italiener Manzoni verdanke, daß, auch wenn Ihnen das nicht gefällt, Opposition tatsächlich die Kunst ist, den Ast, auf dem die Regierung sitzt, so abzusägen, daß man selbst darauf Platz nehmen kann.

Fritz Erler, SPD, (1961).

Soll denn ein Verrückter die ganze Arbeit lahmlegen können, Herr Minister!

Herbert Wehner, SPD, (1975).

Friedrich-Adolf Jahn

Sie sind doch ein mißlungener Conférencier!

Herbert Wehner, SPD, zu dem CDU-Abgeordneten Dr. Friedrich-Adolf Jahn, (1977).

Philipp Jenninger

Mann, hampeln Sie doch nicht so herum, Sie sind doch Geschäftsführer und nicht Geschwätzführer.

Herbert Wehner, SPD, (1978).

Hier hat doch kein Neonazi gesprochen, hier ist jemand an einer großen Aufgabe gescheitert.

Hans-Jochen Vogel, SPD-Fraktionsvorsitzender, nach Jenningers Rücktritt als Bundestagspräsident, (1988).

Kurt Jung

Ich habe den Eindruck – das ist jetzt nur als eine sachliche Feststellung zu werten, Sie sind ein neuer Kollege –, daß Sie überhaupt noch nie begriffen haben, was der Sinn und die Aufgabe einer Mehrzweckwaffe ist. Vielleicht hat Ihnen die Zwischenfrage des Kollegen Dr. Jaeger ein klein wenig Anschauungsunterricht für den Beginn einer Nachhilfestunde dazu geliefert.

Heinrich Draeger, CDU, zu dem FDP-Abgeordneten Kurt Jung, (1967).

Jakob Kaiser

Weil Sie und insbesondere das Propagandaministerium des Herrn Kaiser das verschweigen und nach Goebbelsschen Propagandalügen-Methoden das Gegenteil behaupten.

Oskar Müller, KPD, über den CDU-Minister für Gesamtdeutsche Fragen (1953).

Margot Kalinke

Ich weiß zwar, daß die Frau Kollegin weiblichen Geschlechts ist. Aber man vergißt das manchmal, wenn man ihr zuhört.

Helmut Schmidt, SPD, über die CDU-Abgeordnete (früher DP) Margot Kalinke, (1966).

Manfred Kanther

Sie, Herr Kanther, werden nur älter, und nicht Minister.

Holger Börner, SPD, (1993).

Der größte Berufschaot in dieser Republik heißt Kanther.

Jürgen Trittin, Grünen-Vorstandssprecher, über den Bundesinnenminister nach dem Wasserwerfer-Einsatz von Gorleben, (1996).

Der Clint Eastwood aus Hanau.

Cem Özdemir, Bündnis 90/Die Grünen, (1997).

Ignaz Kiechle

Der Bundeslandwirtschaftsminister Ignaz Kiechle ist im Allgäu ein Tiger, in Bonn ein zahmer Hauskater und in Brüssel ein Bettvorleger für Frau Thatcher.

Rudolf Schöfberger, SPD, (1988).

Land(miß)wirtschaftsminister Kiechle.

Matthias Kreuzreder, Die Grünen, (1989).

Zehn Jahre Bundeslandwirtschaftsminister sind eine Belastung, die offensichtlich auch an robusten Naturen nicht ohne Wirkung vorbeigeht.

Jochen Borchert, CDU, Bundeslandwirtschaftsminister, zur Herzattacke seines Amtsvorgängers Ignaz Kiechle, (1993).

Kurt Georg Kiesinger

Bitte den Heldentenor nicht zu stören!

Herbert Wehner zu Bundestagspräsident Dr. Eugen Gerstenmaier, der dem SPD-Abgeordneten Karl Mommer das Wort erteilt hatte, (1957).

Das ist ein Schauspieler, ein Schmierenkomödiant.

Karl Wittrock, SPD, über den CDU-Abgeordneten und späteren Bundeskanzler, (1957).

Primadonna!

Zwischenruf eines SPD-Abgeordneten, (1957).

Klaus Kinkel

Der Hochdruckkeil Kinkel entlud sich über Ankara als reinigendes Gewitter.

Hanns Schumacher, Sprecher des Auswärtigen Amtes, über den Besuch von Bundesaußenminister Kinkel in der Türkei, (1992).

Kinkel hat ein schweres Schicksal. Wenn man sich vorstellt: Möllemann hinter sich, Graf Lambsdorff und Frau Schwaetzer neben sich, Hoyer vor sich und Genscher über sich. Da wundert es nicht, daß die FDP das störrische Pferd sein könnte, das sich auf diesem Parteitag schon gezeigt hat.

Theo Waigel, CSU-Chef, zur Wahl von Außenminister Kinkel zum neuen FDP-Parteichef, (1993).

Kein Blatt Papier paßt zwischen ihn und mich.

Hans-Dietrich Genscher, FDP-Ehrenvorsitzender, (1994).

Wenn Kinkel eine Aktie wäre, würde ich sie heute verkaufen.

Joschka Fischer, Bündnis 90/Die Grünen, (1994).

Bei Ihrer Außenpolitik, Herr Kinkel, bekomme selbst ich Sehnsucht nach Hans-Dietrich Genscher, und das will schon etwas heißen.

Gregor Gysi, PDS, (1994).

Die FDP kann mit einem Kinkelstein am Hals das Erfolgsmodell fortsetzen – auf gerader Linie in den Abgrund.

Jürgen W. Möllemann, FDP, (1994).

Kinkel hat zwar dramatische Mißerfolge beim Wähler, aber beachtliche Erfolge im Ausschalten innerparteilicher Gegner. Ich war der letzte. Jetzt hat Kinkel keine Ausreden mehr.

Jürgen W. Möllemann, Ex-FDP-Landesvorsitzender, (1994).

Bei Kinkel fällt einem der Kaiser im Märchen ein. Dieser läßt sich von seinen Lakaien die Pracht seiner nicht vorhandenen neuen Gewänder bestätigen. Das Volk hat aber längst erkannt, was wirklich los ist.

Mechthild Reith, SPD-Sprecherin, (1995).

Der strahlende Wahlsieger Kinkel hat sich noch nicht für mich eingesetzt.

Jürgen W. Möllemann, ehemaliger FDP-Bundesminister, zu seiner Kandidatur für den Parteivorsitz, (1995).

Der Kinkel wäre froh, wenn er so viel eingeladen würde wie ich.

Theo Waigel, CSU, Bundesfinanzminister, nach 60 Auslandsreisen, (1995).

Ich will nicht 24 Stunden am Tag Geisel der Politik sein und mich anziehen müssen wie Herr Kinkel.

Daniel Cohn-Bendit, Die Grünen, (1997).

In gewissem Sinne war ich schon die arme Sau, die den Riebel hinhalten mußte.

Über sich selbst, (1993).

Hans (Johnny) Klein

Johnny Kleingeist hat zugeschlagen.

Albert Schmidt, Bündnis 90/Die Grünen, über den Bundestagsvizepräsidenten Klein, CSU, (1995).

Hubert Kleinert

Sie blasen sich auf wie ein Ochsenfrosch, Herr Kleinert!

Jochen Feilcke, CDU, zu dem Grünen-Abgeordneten Hubert Kleinert, (1985).

Sie haben noch nie mit Ihren Händen gearbeitet, nur mit dem Mund!

Jochen Feilcke, CDU, (1985).

Ich sehe Herrn Abgeordneten Kleinert vor mir, er hat eine schöne rote Hose an. Glauben Sie, bei der Produktion dieser roten Hosen sei kein Sondermüll angefallen ...

Bundesumweltminister Klaus Töpfer, CDU, (1988).

Hans-Ulrich Klose

Der SPD steckt ihr Klose im Hals.

Friedrich Zimmermann, CDU, stellvertretender Vorsitzender der Unionsfraktion im Bundestag, über den Hamburger Bürgermeister, SPD, (1978).

Wichtigtuer.

Klaus Bölling, SPD, Bundespressesprecher, (1979).

Ich wünsche Ihnen im Rahmen dessen, was wir Ihnen wünschen, Erfolg.

Helmut Kohl, CDU, Bundeskanzler, zum neuen SPD-Fraktionschef Hans-Ulrich Klose, (1991).

Ich hätte auch Ulrike Klose gewählt.

Otto Schily, SPD, (1991).

Ihr steuerliches Gehabe erinnert mich daran, verehrter Herr Klose, daß wir in diesem Jahr 500 Jahre »Christoph Kolumbus in Amerika« feiern. Er war bekanntlich einer der ersten Sozialisten. Er fuhr los und wußte nicht, wohin. Er kam an und wußte nicht, wo er gelandet war. Er kam zurück und wußte nicht, woher. Und alles mit fremder Leute Geld.

Otto Graf Lambsdorff, FDP, (1992).

Es ist nicht zu leugnen, daß der Kollege Klose sehr viel mehr Schlagzeilen produziert als ich.

Wolfgang Schäuble, CDU/CSU-Fraktionschef, (1992).

Tom Koenigs

Es gibt keinen Artenschutz für grüne Dezernenten.

Petra Roth, CDU, Oberbürgermeisterin von Frankfurt am Main, zur Entlassung des Kämmerers Tom Koenigs, (1997).

Helmut Kohl

Herr Kohl hat eine andere Verpflichtung –, wird es mir nicht übel nehmen, wenn ich nach seiner Rede insgesamt und seiner Polemik an unsere Adresse nicht unlustig war, einmal an eine abendliche Lesefrucht aus einem Kochbuch des Jahres 1641 zu denken, wo ich gelesen habe: »Kohl erzeugt Blähungen und treibt schwarze Dämpfe ins Gehirn.« Es war eine ganze Menge, was in diese Richtung zeigt.

Heinz Kühn, SPD, Ministerpräsident von Nordrhein-Westfalen, über den CDU-Chef und Ministerpräsidenten von Rheinland-Pfalz, (1975).

Viel Glück, Herr Kohl, auf Ihrem seltsamen Weg zum Sauerkohl.

Herbert Wehner, SPD, über Helmut Kohl, seit 1976 Chef der CDU/CSU-Bundestagsfraktion, (1977).

Lieber ein Besser-Macher als ein Besser-Wisser, Herr Abgeordneter Kohl.

Helmut Schmidt, SPD, Bundeskanzler, (1977).

Herr Kohl, Sie sind nicht die Persönlichkeit, die mit Behauptungen, wie Sie sie hier uns gegenüber geschleudert haben, tiefen Eindruck machen könnte: denn es ist erst zwei Wochen her, da haben Sie von unserer Bundesrepublik als von einer »Bananenrepublik« gesprochen.

Herbert Wehner, SPD, (1978).

Die Todenhöfer, Biedenkopf, Dregger lachen sich ins Fäustchen, und Kohl steht jedesmal wie der dumme August da, zu dem es allerdings, wie im Konrad-Adenauer-Haus versichert wird, keine Alternative gibt.

Uwe-Karsten Heye, SPD, stellvertretender SPD-Vorstandssprecher, (1978).

Helmut Kohl ist unser Mann, einen besseren bekommen wir sowieso nicht.

Karl Carstens, CDU, Bundestagspräsident, (1979).

Kohl hat hier seine Duftmarke hinterlassen, die man unter einem anderen Vorsitzenden nicht mehr findet. Deswegen muß die Partei durch mit Kohl.

Heiner Geißler, CDU-Generalsekretär, (1979).

Der Kohl ist doch nur das Blatt für die Roulade. Aber die Hackfleischfüllung macht der Metzger aus Sonthofen.

Herbert Wehner, SPD, (1979).

Sie sind ein unchristlicher Zitatenfälscher.

Helmut Schmidt, SPD, (1980).

Mann mit pausbäckigen Dummheiten.

Horst Ehmke, SPD, (1980).

Will Kohl hinter Adenauer zurück?

Egon Bahr, SPD, (1982).

Kohl wird nie Kanzler werden. Er ist total unfähig dazu, ihm fehlen die charakterlichen, die geistigen und die politischen Voraussetzungen, ihm fehlt alles dafür.

Franz Josef Strauß, CSU, (1982).

Helmut Kohl ist entwicklungsfähig und kann lernen.

Franz Josef Strauß, CSU, (1982).

Ich bin der Meinung, daß Helmut Kohl heute den Anforderungen gewachsen ist, die das Amt an ihn stellt.

Franz Josef Strauß, CSU, über Kohl, seit 1. Oktober 1982 Bundeskanzler, (1982).

Wo kriegen Sie denn Ihre Mehrheit her, Herr Kohl?

Hans-Jochen Vogel, SPD, (1983).

Kohl ist ein fauler Sack. Der hätte zwischen Washington und Moskau hin- und herflitzen müssen.

Horst Grunenberg, SPD, (1983).

Der Bundeskanzler vertraut diesem schießwütigen Zelluloid-Cowboy [d.i. der amerikanische Präsident Ronald Reagan, Anm. d. Hrsg.] das Schicksal unseres Landes an.

Joschka Fischer, Die Grünen, (1983).

Später einmal wird man die Zeit dieser Regierung nicht nach Wochen zählen, sondern nach »Kohl« – dem kürzesten Abstand zwischen zwei von dieser Regierung verursachten Skandalen.

Horst Peter, SPD, (1984).

Der Kanzler hat in solchen Dingen die Taktik, die Hand nicht reinzuhalten, sondern andere die Dreckarbeit machen zu lassen.

Jürgen Schmude, SPD, (1984).

Wer von uns hätte sich jemals dieses pfälzische Gesamtkunstwerk vorzustellen vermocht, welches in barocker Opulenz langsam versumpft.

Joschka Fischer, Die Grünen, (1984).

Dieser Kanzler hat eine geistig-moralische Wende versprochen. Eine Wende ist in der Tat eingetreten, eine Wende, die unser Land zu einer Bakschisch- und Bananenrepublik zu machen droht.

Alfred Emmerlich, SPD, (1984).

Der Bundeskanzler ist bei seinem Besuch in Israel doch nur grinsend herumgelaufen.

Hildegard Hamm-Brücher, FDP, (1984).

Der Viererbande Kohl, Stoltenberg, Zimmermann und Bangemann kann man nicht einmal zutrauen, einen Zigarettenkiosk erfolgreich zu führen.

Rudolf Dreßler, SPD, (1985).

Kanzler der Großindustrie, der die Solidarität mit dem Volk der Kumpanei mit dem Kapital opfert.

Otto Schily, Die Grünen, (1985).

90 Millionen DM sollen für ein undefinierbares »Haus der Geschichte« ausgegeben werden. Ich kann Herrn Kohl da schon verstehen: Wer keine Geschichte macht, will ihr wenigstens ein Haus erstellen.

Joachim Müller, Die Grünen, (1985).

Helmut Kohl ist mein hilfreichster Partner.

Gerhard Schröder, SPD, (1985).

Wir haben die Wahl mit Helmut Kohl gewonnen, wir halten auch jetzt zu Helmut Kohl, wenn schwere Wetter aufziehen. Wir wechseln nicht aus Opportunität.

Bernhard Vogel, CDU, rheinland-pfälzischer Ministerpräsident, (1985).

Helmut Kohl ist, wie er ist, da kann man nichts machen.

Friedrich Zimmermann, CSU, Bundesinnenminister, (1985).

Bundeskanzler Kohl ist zur wirksamen Wahrnehmung seiner Aufgaben nicht mehr imstande.

Hans-Jochen Vogel, SPD, (1985).

Bei Ludwig Erhard, dem großen Mann der deutschen Wirtschaft, gab es immer Zweifel an seiner Befähigung zum Bundeskanzler. Das ist anders bei Helmut Kohl.

Ernst Albrecht, CDU, niedersächsischer Ministerpräsident, (1985).

Die Sprache Helmut Kohls wirkt wie ein Maßanzug vom Dorfschneider.

Rüdiger Altmann, Publizist, (1985).

Herr Kohl beschmutzt das hohe Amt des Bundeskanzlers durch verleumderische Schuldzuweisungen.

Manfred Reimann, SPD, (1985).

Noch kein anderer Kanzler hat in so kurzer Zeit so viel europäisches Porzellan zerschlagen wie Helmut Kohl.

Hans-Jochen Vogel, SPD, (1985).

Helmut Kohl kann nicht alles machen. Er kann nicht gleichzeitig eine Koalitionsregierung führen und Promoter programmatischer Innovation sein.

Kurt Biedenkopf, CDU, (1986).

Kohl-Witze zeigen, wie populär dieser Bundeskanzler ist.

Walter Wallmann, CDU, (1986).

Der Kanzler ist ein Lügner, wenn Sie es hören wollen!

Hans-Christian Ströbele, Die Grünen, (1986).

Der sprichwörtliche Elefant im Porzellanladen ist im Vergleich mit dem Bundeskanzler geradezu ein Ballettänzer.

Hans-Jochen Vogel, SPD, (1986).

Wenn ich vergleiche, was Franz Josef Strauß über mich sagt, und was er über Kohl denkt, dann macht er mir jeden Tag eine Liebeserklärung.

Johannes Rau, SPD, (1986).

Wer die Birne aus der Fassung bringen will, muß sich zur politischen Alternative bekennen.

Oskar Lafontaine, SPD, saarländischer Ministerpräsident, (1986).

L'éclat c'est moi.

Oskar Lafontaine, SPD, über Helmut Kohl, (1986).

Er ist vermutlich der schlechteste Kanzlerdarsteller, den die Bundesrepublik je hatte.

Peter Boenisch, CDU, Ex-Regierungssprecher, (1987).

Ich persönlich halte es für eine Zumutung, wenn man sich hier anderthalbstündige Ausführungen in Oggersheimer Philosophie anhören muß.

Detlef Kleinert, FDP, (1987).

Kohl paktiert, finassiert, telefoniert, macht Staatsbesuche und ißt Spaghetti, aber eine geistige Linie seiner Politik ist nicht erkennbar.

Peter Glotz, SPD, ehemaliger Bundesgeschäftsführer seiner Partei, (1987).

Helmut Kohl hat keinen politischen Gestaltungswillen, sondern nur politischen Verwaltungswillen.

Peter Glotz, SPD, (1988).

Helmut Kohl kommt die Gnade seiner Formulierungsschwäche zugute.

Willfried Penner, stellvertretender Vorsitzender der SPD-Bundestagsfraktion, zur Rolle Kohls in der U-Boot-Affäre, (1988).

Jetzt muß der große Kohl an der kleinen Hand von Späth gehen.

Franz Josef Strauß, CSU-Vorsitzender, (1988).

Herr Kohl hat ein gebrochenes Verhältnis zu intelligenten Frauen. Und ich bin eine Intelligenzbestie.

Hanna Renate Laurien, stellvertretende CDU-Vorsitzende, (1988).

Der Bundeskanzler befindet sich in einer Art Vorruhestandsalter.

Anke Fuchs, SPD-Bundesgeschäftsführerin, (1989).

Von Ihnen gelobt zu werden, ist mittlerweile außerordentlich gefährlich geworden – besonders wenn man Minister ist.

Hans-Jochen Vogel, SPD-Vorsitzender, (1989).

Mit Bundeskanzler Helmut Kohl ist keine Wahl mehr zu gewinnen.

Ingo von Münch, FDP, zweiter Bürgermeister von Hamburg, (1989).

Totgesagte leben länger. Die FDP rechnet mit Kohl.

Otto Graf Lambsdorff, FDP-Vorsitzender, (1989).

Herr Kohl hofft, er sei der bessere Schönhuber.

Carl Friedrich von Weizsäcker, Atomphysiker und Bruder des Bundespräsidenten, zur Haltung des Bundeskanzlers in der Frage der polnischen Westgrenze, (1990).

Ich sah und las, daß Helmut Kohl sich jetzt häutet. Er häutet sich. Vom Enkel Konrad Adenauers zum Enkel Bismarcks. Und diese Häutung kann uns natürlich teuer zu stehen kommen, auch außenpolitisch, weil Bismarck der letzte historische Versuch war, einen deutschen Nationalstaat entsprechender Größenordnung zu bewerkstelligen.

Oskar Lafontaine, SPD-Kanzlerkandidat, (1990).

Bundeskanzler Kohl und de Maizière haben in der DDR eine wirtschaftliche und soziale Katastrophe angerichtet. Nun haben sie Angst, sich im Dezember dem Wähler zu stellen. Dies ist der eigentliche Grund für diese Wahltermin-Manipulation.

Horst Ehmke, stellvertretender SPD-Fraktionsvorsitzender, (1990).

Kohls panikartiger Vorschlag, die Wahlen vorzuziehen, deutet darauf hin, daß er mit jedem Tag seine Chancen schwinden sieht.

Oskar Lafontaine, SPD-Kanzlerkandidat, (1990).

Wir haben der DDR das Zweitbeste gegeben, die D-Mark, nun wollen wir ihr das Beste geben, Kohl, aber der verweigert sich.

Oskar Lafontaine, SPD-Kanzlerkandidat, (1990).

Einheizkanzler.

Thomas Wüppesahl, fraktionslos, (1990).

Nur das Problem Kohl und Kiechle ist dabei noch nicht gelöst und bedarf einer individuellen Klärung.

Gerhard Renken, Sprecher des Bundestages, zur Frage, ob im gesamtdeutschen Parlament alle 666 Abgeordneten Platz finden werden, (1990).

Ich habe ja häufig genug gesagt, daß auf dem Versicherungssektor einer Ihren Schlachtruf, Herr Bundeskanzler, vor der Volkskammerwahl falsch verstanden hat: Allianz für Deutschland.

Otto Graf Lambsdorff, FDP, (1990).

Kohl sitzt jetzt vor dem Aquarium und lernt, was eine Zahl mit zwölf Nullen ist.

Oskar Lafontaine, SPD, (1990).

Weil Kohl keine Götter neben sich ertragen kann, sitzt er jetzt allein im Olymp der CDU.

Wulf Schönbohm, ehemaliger CDU-Planungschef, über den Mangel an Führungspersönlichkeiten in seiner Partei, (1991).

Kulinarisch verbindet mich mit Helmut Kohl nicht eine Vorliebe für Saumagen, sondern für Streuselkuchen.

Hans Klein, CSU, (1991).

Der Kanzler kann mich fünfmal durch den Wolfgangsee rudern. Ich glaube erst, was schriftlich festgehalten ist.

Stefan Schwarz, CDU, zu Kohls Zusage von Ausgleichsmaßnahmen für die Region Bonn für den Umzug der Regierung nach Berlin, (1991).

Kohl hatte den Mantel der Geschichte offenbar auch vor den Ohren.

Hans-Jochen Vogel, SPD, zur angeblichen Ahnungslosigkeit des Bundeskanzlers über die Betreuung Schalck-Golodkowskis, (1991).

Mit dem Vergleich zu Kohl kann ich leben. Ob Kohl mit ihm leben kann, entzieht sich meiner Kenntnis.

Werner Münch, CDU, Ministerpräsident von Sachsen-Anhalt, (1991).

Helmut Kohl ist der beste Propagandist für die Ostbewegung.

Karl-Heinz Blessing, SPD-Bundesgeschäftsführer, (1992).

Und er steht und steht und steht.

Theo Waigel, CSU, Bundesfinanzminister, zum zehnjährigen Amtsjubiläum von Bundeskanzler Helmut Kohl, (1992).

Er ist der Kanzler der großen Überschriften; das Kleingedruckte der Geschichte interessiert ihn nicht.

Hans-Ulrich Klose, SPD, (1992).

Wenn es um das Thema Steuererhöhung geht, schlüpft Kanzler Kohl entweder in die Rolle des Märchenonkels oder des Lügenbarons.

Peter Struck, Parlamentarischer Geschäftsführer der SPD-Bundestagsfraktion, zu der Aussage Kohls, die Steuern erst ab 1995 zu erhöhen, (1992).

Die Irrtümer des Menschen machen ihn eigentlich liebenswürdig, hat Goethe einmal festgestellt. Man muß Goethe allerdings zugute halten, daß er damals noch nichts von einem Kanzler Kohl ahnte.

Werner Schulz, Bündnis 90/Die Grünen, (1992).

Ein Ort wie der Mond ist für diesen Kanzler noch viel zu nahe.

Björn Engholm, SPD-Vorsitzender, (1992).

Allein die physische Vorstellung, ich ginge mit Helmut Kohl kuscheln, ist für mich unerträglich.

Björn Engholm, SPD, zu einem gegen ihn erhobenen Vorwurf, er betreibe einen »Kuschelkurs auf Kohls Sofa«, (1992).

Sie besitzen ein hohes Maß an ruhender Energie, wie jeder sehen kann. Wir bitten Sie, daß Sie diese Energie in Bewegungsenergie umsetzen.

Hans-Ulrich Klose, SPD, (1993).

Ich verstehe überhaupt nicht, wieso jemand sich über Kohl aufregt. Eigentlich tut er doch gar nichts.

Helmut Schmidt, SPD, Bundeskanzler a. D., (1993).

Wo soviel Einfalt herrscht, ist Kohl Kopf genug, um Kanzler zu bleiben.

Klaus Zwickel, Vorsitzender der IG Metall, über die politischen Parteien in Deutschland, (1993).

Es klang immer komisch, wenn der beleibte Ludwig Erhard davon sprach, den Gürtel enger zu schnallen. Ähnlich komisch klingt es, wenn Helmut Kohl davon spricht, daß wir umdenken müssen.

Rudolf Scharping, SPD-Chef, (1993).

Diese SPD will Kohl nicht ablösen. Diese SPD will Kohl verbreitern.

Krista Sager, GAL-Fraktionsvorsitzende in Hamburg, (1993).

Kohl ist nach wie vor ein starker Kanzler, der manches wenden könnte.

Helmut Schmidt, SPD, Bundeskanzler a. D., (1993).

Wir haben ein Standortrisiko, das in Oggersheim wohnt.

Rudolf Scharping, SPD-Vorsitzender, (1994).

Aber Kohl in allem seinem Glanze
Ist ein Grab nur der Vergangenheit.
Lebend duftet nur die frische Pflanze,
Die die grüne Stunde streut.

Kerstin Müller, Bündnis 90/Die Grünen, (1994).

Von Zeit zu Zeit seh' ich den Kanzler gern
Und hüte mich, mit ihm zu brechen.

Edmund Stoiber, CSU, Ministerpräsident in Bayern, (1994).

Wir, das Bündnis 90/Die Grünen, sind die einzige Alternative zu Schwarz-Kohl und Rot-Kohl.

Klaus-Dieter Feige, Bündnis 90/Die Grünen, (1994).

Herzog ist nicht unser Gegenkandidat, selbst Berti Vogts ist es nicht, sondern Kohl ist es.

Gerhard Schröder, SPD, Ministerpräsident von Niedersachsen, über die Wahlkampfführung von SPD-Chef Rudolf Scharping, (1994).

Nicht die Strickjacke gehört ins Museum, sondern der Bundeskanzler selbst.

Günter Verheugen, SPD-Bundesgeschäftsführer, zum Haus der Geschichte in Bonn, wo die Strickjacke Helmut Kohls ausgestellt ist, die er bei seinem Treffen mit Michail Gorbatschow im Kaukasus trug, (1994).

Ich weiß nicht, warum der Kanzler immer von einem »Freizeitpark« redet, wenn er über unser Land spricht. Er sollte sich mal mit jenen unterhalten, die dort die Karten abreißen, die Elektronik bedienen, die Bratwürste mit Senf bestreichen und nachfragen, was ihnen nach Abzug der Kohlschen Steuer- und Abgabelast bleibt.

Rudolf Dreßler, SPD-Sozialexperte, (1994).

Helmut Kohl hat manchmal fast ein Einsamkeitssyndrom. Aber er hat ja mich.

Wolfgang Schäuble, CDU/CSU-Fraktionsvorsitzender, (1994).

Helmut Kohl ohne FDP – das ist gleich Null.

Otto Graf Lambsdorff, FDP-Ehrenvorsitzender, (1994).

Helmut Kohl ist für den wabernden Weltgeist zuständig, Wolfgang Schäuble für die nationalistische Front.

Rudolf Scharping, SPD-Vorsitzender, (1994).

Wo Kohl in der Wanne sitzt, ist doch kein Platz mehr.

Rudolf Scharping, SPD-Vorsitzender, zu einer möglichen großen Koalition in Bonn, (1994).

Der Dicke schafft es nicht allein.

Klaus Kinkel, FDP-Vorsitzender, über die Chancen der Koalition bei der Bundestagswahl, (1994).

Die absolute Mehrheit kriegt er nie, der Dicke.

Klaus Kinkel, FDP, (1994).

Die Verhandlungskommission besteht aus lauter Kohl-Getreuen, die wahrscheinlich auch viel Kohl essen, denk' ich immer, denn irgendwie ist doch alles kohlig.

Anke Fuchs, stellvertretende Fraktionsvorsitzende der SPD, über die FDP, (1994).

Unsere Opposition wird nicht zum Ziel haben, Sie länger als unbedingt notwendig im Amt zu sehen.

Rudolf Scharping, SPD-Vorsitzender, (1994).

Ich begrüße das, was von Helmut Kohl übriggeblieben ist.

Wolfgang Schäuble, CDU/CSU-Fraktionschef, bei der ersten Fraktionssitzung nach dem Fastenurlaub des Kanzlers, (1995).

Helmut Kohl sollte 1998 antreten. Er ist in der Politik eine eigene Gewichtsklasse.

Wolfgang Schäuble, CDU/CSU-Fraktionsvorsitzender, (1995).

Sie schweigen bereits den ganzen Morgen wie ein Buddha, obwohl es darum geht, Ihren Haushalt zu verteidigen.

Joschka Fischer, Bündnis 90/Die Grünen, (1995).

Der Buddha wird nervös.

Oskar Lafontaine, SPD, über Bundeskanzler Helmut Kohl, (1995).

Sie sind Geschichte – im guten und im schlechten Sinne. Das wollten Sie immer werden; das haben Sie erreicht. Aber Zukunft werden Sie nicht mehr sein.

Joschka Fischer, Bündnis 90/Die Grünen, (1995).

Konrad Adenauer würde sich im Grabe umdrehen, wenn er seinen Enkel bei der Arbeit sähe.

Oskar Lafontaine, SPD-Chef, (1995).

Die anderen haben Kandidaten, wir haben einen Kanzler.

Theo Waigel, CSU-Chef, (1995).

Seine Erhabenheit – der Bundeskanzler.

Joschka Fischer, Grünen-Fraktionschef, (1995).

Kohl ist so stark, daß er noch seine Erben in der CDU überleben wird.

Joschka Fischer, Grünen-Fraktionschef, (1995).

Die Ärzte an unserem Krankenbett heißen Waigel, Blüm und Tietmeyer, der Oberarzt Kohl schwebt lose über ihnen.

Helmut Schmidt, SPD, Bundeskanzler a. D., (1996).

Deutschland schafft die Euro-Kriterien bis 1999 nicht. Ausgerechnet jetzt, wo dies sich immer klarer abzeichnet, bastelt man trickreich daran herum. Wer das für Zufall hält, den halte ich für naiv. Kohl hängt doch einem schönen, aber illusionären Traum an. Er will sich 1999 als Euro-Bismarck im Buch der Geschichte verewigen. Und er hat Angst davor, daß es ihm 1998 die Bundestagswahl verhagelt, wenn der Euro nicht schon 1999 kommt.

Dieter Spöri, SPD, Wirtschaftsminister in Baden-Württemberg, (1996).

Auf Helmut Kohl lastet die Verantwortung für ein ganzes Land; dabei verdient er weniger als der Chef der Kölner Stadtsparkasse.

Ernst-Dieter Lueg, TV-Journalist, (1996).

Wenn man bei Kohl eine halbe Stunde übersetzt, ist das dann eine Stunde.

Oskar Lafontaine, SPD-Vorsitzender, zu Presseberichten, daß sein letzter Besuch bei Bill Clinton nur eine halbe Stunde, der von Kanzler Kohl aber eine ganze Stunde gedauert habe, (1996).

Kohl erweckt den Eindruck, er wisse mit der vom Bürger erarbeiteten Mark besser umzugehen als dieser selbst.

Dieter Spethmann, ehemaliger Thyssen-Chef, (1996).

Familie – er spricht es immer pfälzisch aus, und dann klingt es wie Vanille.

Otto Graf Lambsdorff, Ehrenvorsitzender der FDP, (1996).

Der hat die Bedeutung der Ökonomie erst jetzt allmählich verstanden. Nach 14 Jahren im Amt. Das wurde Zeit.

Helmut Schmidt, SPD, Bundeskanzler a. D., (1997).

Wenn ich das heute richtig mitbekommen habe, dann sieht es sozusagen wie eine Kanzlerdämmerung aus.

Joschka Fischer, Fraktionsvorsitzender von Bündnis 90/Die Grünen, über den Verlauf der Arbeitsmarktdebatte im Bundestag, (1997).

Ein Gespräch zwischen Helmut Kohl und Oskar Lafontaine ist für Lafontaine immer ein Gewinn, denn er kann dabei etwas lernen. Für Kohl ist es ein gewisser Verlust an Zeit.

Wolfgang Schäuble, Fraktionschef der CDU, (1997).

Ich bekenne mich ausdrücklich zum Streit mit meinem Bundeskanzler. Und trotzdem bleibt er mein Bundeskanzler.

Norbert Blüm, CDU, Bundesarbeitsminister, während der Bundestagsdebatte über die Rentenpolitik, (1997).

Laßt euch vom Dicken im Kanzleramt nicht vorführen!

Joschka Fischer, Grünen-Fraktionssprecher zu protestierenden Kumpels, (1997).

Für Kohl ist das eine gute Gelegenheit, die Sozialdemokraten zu instrumentalisieren, um sich über die größte Krise seiner Amtszeit hinwegzuretten.

Oswald Metzger, haushaltspolitischer Sprecher der Bundestagsfraktion von Bündnis 90/Die Grünen, (1997).

Die Senkung der Arbeitslosenzahl ist ungleich wichtiger als der Abgang von Kohl.

Oskar Lafontaine, SPD-Chef, (1997).

Warum machen wir es nicht so wie in Ecuador, daß dieser Mann abgewählt und wegen erwiesener Unfähigkeit in die Wüste geschickt wird.

Oskar Lafontaine, SPD-Chef, (1997).

Helmut Kohl geht mit seiner Entscheidung, 1998 erneut als Kanzlerkandidat anzutreten, ein hohes Risiko ein. Noch nie hat er so viel riskiert.

Kurt Biedenkopf, CDU, sächsischer Ministerpräsident, (1997).

Ich begrüße den Reichskanzler.

Prinz Philip, Gemahl der britischen Königin, (1997).

Ich höre gelegentlich den Ratschlag, der Kanzler solle mal auf den Tisch schlagen. Ich pflege dann immer zu sagen, im äußersten Fall schadet es dem Tisch, sonst bewirkt es wenig.

Wolfgang Schäuble, CDU/CSU-Fraktionsvorsitzender, (1997).

Ein Kanzler, der vielleicht als politischer Sumo-Ringer durchgeht, aber bestimmt kein Atlas ist.

Werner Schulz, Bündnis 90/Die Grünen, (1997).

Ich wandle in meinen eigenen, unverwechselbaren Spuren.

Über sich selbst, auf die Frage, ob er auf Strauß-Kurs gegangen sei, (1977).

Bei diesem Amt kann man nie vorhersagen, ob das dicke Ende noch kommt.

Über die auf ihn als Bundeskanzler zukommenden Aufgaben, (1983).

Ich kann mein Volumen nur bedingt ändern.

Über sich selbst, (1990).

Ich bin allerdings auch durch meinen kurzen Vaternamen davor geschützt, daß daraus ein Ismus gemacht wird.

Über sich selbst, (1991).

Ich bin auch ein verhinderter Bauer.

Zu Indonesiens Präsident Suharto als Gast auf dessen Farm, (1993).

Das was ich will, ist, was ich selber wollen will.

Über sich selbst, (1993).

Sie haben es mit einem einfachen Teutonen zu tun.

Seine Reaktion auf die schnell gesprochene Frage eines spanischen Journalisten, (1993).

Ich muß mich nicht dafür entschuldigen, daß ich Parteivorsitzender bin.

Über sich selbst, (1993).

Sie wissen, daß das Gewicht, das ich mit mir herumschleppe, eine persönliche Leidenschaft ist.

Über sich selbst, vor seiner österlichen Fastenkur, (1994).

Mein Gewicht ist ein Staatsgeheimnis.

Über sich selbst, (1996).

Einer meiner Glücksfälle ist, daß es der liebe Gott mit mir von der Statur her, vom Gewicht abgesehen, gut gemeint hat.

Über sich selbst, (1996).

Ich werde es so rechtzeitig tun, daß alle ihre Freude daran haben werden.

Er selbst, zur Frage, wann er über die Frage der Kanzlerkandidatur 1998 entscheide, (1997).

Und wenn dann bei der Bundestagswahl Lafontaine oder Schröder antritt, werden sich viele Jungwähler vielleicht sagen: Bevor wir den Mann der Midlife-crisis wählen, wählen wir lieber den Alten mit seiner Lebenserfahrung.

Über sich selbst, (1997).

Erich Köhler

Sie wollen diese Hetze, weil Sie den Krieg wollen.

Heinz Renner, KPD, nachdem er wegen seiner Behauptung, im Bundestag werde eine Hetze betrieben, von Bundestagspräsident Dr. Erich Köhler, CDU, wiederholt zur Ordnung gerufen wurde, (1950).

Hans Koschnik

Hans Koschnik war einmal der Kreuzbube im Blatt der regierenden SPD. Bald ist er nicht einmal mehr der Karobube.

Bernd Neumann, CDU-Oppositionsführer, (1980).

Bei Koschniks Bundestagsreden haben zwei Stenographen Dienst: Einer notiert die ausgesprochenen Silben, der andere die verschluckten.

Ernst Waltemathe, SPD, (1988).

Ich habe kein politisches Testament zu machen. Ich bin noch sehr lebendig.

Der frühere Bremer Bürgermeister über sich selbst, (1985).

Günther Krause

Ein unverschämter demagogischer und arroganter Lümmel.

Wolfgang Thierse, Chef der DDR-SPD, über den Chef der CDU-Fraktion in der Volkskammer, (1990).

Das Verhältnis des Bundesverkehrsministers zu parlamentarischen Gremien, der Presse und der Öffentlichkeit ist empfindlich gestört.

Friedhelm Julius Beucher, SPD, (1991).

Wenn es um die persönliche Wohlstandsmehrung im Amt geht, kennt Günther Krause scheinbar keine Grenzen.

Karl-Heinz Blessing, SPD-Bundesgeschäftsführer, (1993).

Es ist natürlich überraschend, wenn der Amtschef davon erfährt, daß sein Minister als größter Trunkenbold der Nation schreiend in Bonner Lokalen gewesen sein soll.

Über sein Gespräch mit Bundeskanzler Helmut Kohl über entsprechende Gerüchte, (1991).

Egon Krenz

Krenz hat ein Recht auf Arbeit wie jeder DDR-Bürger. Er könnte ja zum Beispiel irgendwo als Hoteldirektor arbeiten.

Rolf Henrich, Mitglied der DDR-Oppositionsgruppe Neues Forum, über den früheren Staatsratsvorsitzenden, (1990).

Dieser Mann gehört vor Gericht und nicht zum Signieren in westdeutsche Buchhandlungen.

Ottfried Hennig, CDU, Parlamentarischer Staatssekretär im innerdeutschen Ministerium, (1990).

Wer gemeinsam mit Egon Krenz die Sauna besucht, hat eben keine Zeit, die Bürgerrechtler zu treffen.

Günther Müller, CSU, (1994).

Georg Kronawitter

Daß da ein Oberbürgermeister in feinstem Trachtenlook in München eine andere Auffassung vertritt und auf ich weiß nicht wessen Seidenhemden guckt – das finde ich ganz apart, aber in der Sache überhaupt nicht nützlich.

Björn Engholm, SPD-Chef, über Münchens SPD-Oberbürgermeister, der massiv für Beschränkungen des Asylrechts eintritt, (1992).

Klaus-Dieter Kühbacher

Klaus-Dieter Kühbacher, SPD: Herr Kollege Strauß, würden Sie mir zustimmen, daß wir im Moment einem Auszug der bayerischen Kammerspiele beiwohnen?

Franz Josef Strauß, CSU: Wenn die Beiträge Ihrer Redner in den letzten Tagen immer die Qualität der in den bayerischen Kammerspielen aufgeführten Stücke gehabt hätten, hätte das Parlament erheblich an Wert gewonnen.

Aus einer Debatte des Deutschen Bundestages vom 27. Januar 1978.

Heinz Kühn

Herr Unregierbar.

Anton Stark, CDU, über den SPD-Ministerpräsidenten von Nordrhein-Westfalen, (1975).

Sie sind ja nicht ganz gescheit! Dummkopf! Bei Ihnen rieselt der Kalk! (...) Hilfsproletariat! Mensch, verschwinden Sie!

Lothar Haase, CDU, (1975).

Sie sind nicht »kühn«, sondern schwach.

Anton Stark, CDU, (1975).

Der liest zuviel im Kochbuch, der Kerl. (...) Lesen Sie in Ihrem Kochbuch und verschwinden Sie hier!

Lothar Haase, CDU, zu Ministerpräsident Heinz Kühn, SPD, nachdem dieser in einer Parlamentsdebatte in bezug auf den Abgeordneten Helmut Kohl, CDU, aus einem Kochbuch zitiert hatte, (1975).

Herr Kühn regiert eben nicht, sondern er reist. Man könnte ihn wahrscheinlich nicht mal mehr die Leitung eines Reisebüros anvertrauen.

Kurt Biedenkopf, CDU-Vorsitzender Westfalen, (1978).

Ich kenne Johannes Rau kaum ... Zu Heinz Kühn hatte ich viel intensivere Beziehungen, weil das schon damit zusammenhängt, daß wir unmittelbar, beinahe Backe an Backe, im Bundesrat saßen.

Helmut Kohl, CDU, Bundeskanzler, über sein Verhältnis zu SPD-Ministerpräsidenten von Nordrhein-Westfalen, (1986).

Karl-Hans Laermann

Herr Kollege Dr. Laermann, eins ist sicher: Dusselige Anträge können hier nicht gestellt werden; das gebietet schon der Respekt vor allen Mitgliedern dieses Hauses.

Helmuth Becker, SPD, Vizepräsident, über den FDP-Politiker, (1991).

Oskar Lafontaine

Ich schäme mich, daß es einen solchen Mann in der SPD gibt.

Egon Franke, SPD, Bundesminister für innerdeutsche Beziehungen, über den Saarbrücker Oberbürgermeister, (1982).

Ein Meisterstück von Oskar.

Gerhard Schröder, SPD-Oppositionsführer Niedersachsens, zur vom saarländischen Ministerpräsidenten Oskar Lafontaine vorbereiteten Wahl Hans-Ulrich Kloses zum SPD-Schatzmeister, (1987).

Sozialistischer Prototyp (der) Schicki-Micki-Gesellschaft innerhalb der SPD.

Walter Wallmann, CDU, (1987).

Die Partei braucht einen Pfeil, Oskar Lafontaine könnte einer sein. Zum Pfeil gehört der Bogen, die Partei. Dieser durch und durch konservative Mann muß wissen, daß ohne den Bogen nichts geht. Er sollte den Bogen nicht überspannen.

Willfried Penner, stellvertretender SPD-Fraktionsvorsitzender, (1987).

Trotz Lafontaine mit vollem Lohnausgleich.

Franz Steinkühler, IG-Metall-Chef, (1988).

Die Wort- und Wasserspiele der »kleinen Fontäne« aus dem Saarland wären in diesem Zusammenhang besser unterblieben.

Jochen Richert, Mitglied des geschäftsführenden DGB-Bundesvorstandes, zu Äußerungen von Oskar Lafontaine, (1988).

Was er zunächst in Saarbrücken und dann im Saarland geschafft hat, das schafft kein Enfant und schon gar kein Enfant terrible. Wenn schon, dann ist Oskar Lafontaine ein l'uomo felice, ein glücklicher Mensch.

Hans-Jochen Vogel, SPD-Vorsitzender, (1988).

Ich will ihm nicht schaden, aber er hat recht.

Franz Josef Strauß, CSU, Ministerpräsident Bayerns, über die Vorschläge Lafontaines zur Arbeitszeitverkürzung, (1988).

Ich will ja gar nicht bestreiten, daß Sie möglicherweise schöner sind als Helmut Kohl. Aber ob Sie besser sind, das ist die entscheidende Frage.

Heiner Geißler, CDU-Generalsekretär, (1989).

Die Personalfrage an der Spitze ist jetzt entschieden: Oskar wird Kanzlerkandidat, Vogel Kanzler.

Horst Ehmke, SPD, (1989).

Der unseriöseste aller bisherigen Kanzlerkandidaten.

Otto Graf Lambsdorff, FDP-Vorsitzender, (1990).

Lafontaine schürt Sozialneid und entwickelt sich zu einer Art Schönhuber der SPD.

Volker Rühe, CDU-Generalsekretär, (1990).

Oskar Lafontaine beeindruckt alle, die nicht genau hinhören. So wird man Vordenker.

Hans Apel, SPD, ehemaliger Finanzminister, (1990).

Man sieht ja jetzt als Stern aufgehen
die »Supernova« Lafontaine.
Sie strahlt so hell, sie strahlt so schön,
ich fürcht', sie wird bald untergehen.

Lothar Späth, CDU, (1990).

Lafontaine, aus dem Spanienurlaub zurückgekehrt, hetzt und holzt wieder in Deutschland.

Norbert Blüm, CDU, Bundesarbeitsminister, (1990).

Ein Saarländer als Bestimmer unseres weiteren Weges ist für lange Zeit genug.

Lothar de Maizière, DDR-Ministerpräsident, in einer Anspielung auf den früheren DDR-Staatschef Erich Honecker und den SPD-Kanzlerkandidaten Oskar Lafontaine – letzterer hat heftige Kritik am Zeitplan des Staatsvertrages geübt, (1990).

Nicht jede interessante Fontäne ist gleichzeitig eine unverzichtbare Quelle.

Lothar de Maizière, DDR-Ministerpräsident, (1990).

Oskar spielt nicht den Außenbordmotor für eine Partei, und andere stellen sich auf die Brücke und steuern das Schiff.

Reinhard Klimmt, SPD, Lafontaine-Vertrauter in der Wahlkampfkommission des SPD-Parteivorstandes, (1990).

Ein-Mann-Partei.

Erwin Huber, CSU-Generalsekretär, über den SPD-Kanzlerkandidaten, Oskar Lafontaine, (1990).

Der Napoleon der Jein-Danke-Generation.

Peter Boenisch, CDU, Staatssekretär a. D., (1990).

Der ist ein Mittelstürmer.

Peter Glotz, SPD-Chef Südbayerns, (1990).

Seine napoleonischen Züge kommen dem Bedürfnis der DDR-Bürger nach Klarheit und Glaubwürdigkeit entgegen.

Rudolf Scharping, SPD-Chef Rheinland-Pfalz, (1990).

Er ist eine Mischung aus Rosa Luxemburg und Radio Luxemburg.

Erwin Teufel, CDU-Fraktionsvorsitzender im baden-württembergischen Landtag, (1990).

Wir haben gelernt, gegen Lafontaine einen Staatsvertrag zu machen, denn mit ihm ist wenig Staat zu machen.

Hans Engelhard, FDP, Bundesjustizminister, (1990).

Wenn Oskar Lafontaine sich als Erfinder der deutschen Einheit ausgibt, dann kann man auch König Herodes zum Erfinder des Kinderschutzbundes erklären.

Otto Graf Lambsdorff, FDP, (1990).

Er wirkt wie ein Mann, der durch den Wald geht und pfeift.

Alfred Dregger, Vorsitzender der CDU/CSU-Bundestagsfraktion, (1990).

Wer Lafontaine wählt, den bestraft die Geschichte.

Volker Rühe, CDU-Generalsekretär, (1990).

Also, manchmal kommt da doch ein bißchen sehr kleines Karo aus Saarbrücken; und auf Pepita kann man nicht Schach spielen, Herr Lafontaine.

Otto Graf Lambsdorff, FDP, (1990).

Er hat was Neues entdeckt – daß die Billion zwölf Nullen hat. Er ist die dreizehnte Null.

Max Streibl, CSU, Ministerpräsident Bayerns, zu Lafontaines Kritik an den Kosten der deutschen Einheit, (1990).

Ich bin der Enkel von Oskar Lafontaine.

Gerhard Schmid, SPD-Bezirksvorsitzender in der Oberpfalz, auf die Frage nach seiner Position beim derzeitigen Umbau der SPD-Führung, (1990).

Lafontaine hat die SPD seit 1989 viermal in eine Sackgasse geführt.

Klaus von Dohnanyi, SPD, früherer Hamburger Bürgermeister, (1992).

Lafontaine geht stiften.

Josef Grünbeck, FDP, zur Absicht des Ministerpräsidenten, umstrittene Bezüge zu spenden, (1992).

Der größte Sozialneidprediger der Republik.

Johannes Gerster, CDU, (1992).

Lafontaine besitzt als einziger die Kompetenz, die sich dramatisch zuspitzenden Probleme der Bundesrepublik in den Griff zu bekommen.

Klaus Matthiesen, SPD-Vorstandsmitglied, (1993).

Leute wie Lafontaine sollen nicht nur Heckenschützenparolen verbreiten, sondern auch kandidieren.

Gerhard Schröder, SPD, Ministerpräsident Niedersachsens, (1993).

Wiedervereinigungs-Buchhalter der SPD.

Theo Waigel, CSU, Bundesfinanzminister, (1993).

Ich weiß nicht mehr genau, was er getrunken hat, manchmal trinkt er ja auch aus Tassen.

Günther Jansen, SPD, ehemaliger Kieler Sozialminister, (1993).

Eher wird ein Bernhardiner zum Vegetarier, als daß Oskar Lafontaine nur eine Subvention abbaut.

Theo Waigel, CSU, Bundesfinanzminister, (1994).

Der Oskar, der Gerhard und ich – da ist ja jeder einzeln schon besser als Helmut Kohl, aber zu dritt, da werden wir's noch besser schaffen.

Rudolf Scharping, SPD-Kanzlerkandidat und Ministerpräsident von Rheinland-Pfalz, (1994).

Oskar Lafontaine, der James Bond der SPD mit der Lizenz zum Löten.

Guido Westerwelle, FDP-Generalsekretär, in Anspielung auf den 007-Agenten mit der Lizenz zum Töten, über Absichten Lafontaines zu PDS-Kontakten, (1995).

Der faulste Ministerpräsident der Republik.

Peter Müller, CDU-Landeschef im Saarland, (1995).

Herr Lafontaine blinkt links, und die SPD fährt rechts.

Jürgen Trittin, Grünen-Vorstandssprecher, (1995).

Ich bin bereit, wenn es ums Essen geht, von Lafontaine Ratschläge entgegenzunehmen. Aber auf keinem anderen Gebiet.

Helmut Kohl, CDU, Bundeskanzler, (1995).

Zwischen Grünen und SPD herrscht das Prinzip der kommunizierenden Röhren. Vor der Wahl Lafontaines haben die jeweiligen Parteirechten kommuniziert, jetzt kommunizieren die Parteilinken.

Ludger Volmer, Bündnis 90/Die Grünen, (1995).

Wir dürfen unser Land an der Schwelle zum 21. Jahrhundert keiner Regierung überlassen, in der die außenpolitische Unberechenbarkeit und Bündnisunfähigkeit der Grünen einhergeht mit Oskar Lafontaines saarländischer Schuldenpolitik auch in Bonn.

Wolfgang Gerhardt, FDP-Vorsitzender, (1996).

Lafontaine ist ein skrupelloser Populist. Er wird jedes Thema, jede Gemeinheit unberechenbar gegen die Koalition einsetzen.

Michael Glos, CSU-Landesgruppenchef, über den neuen SPD-Vorsitzenden, (1996).

Wer, wie Oskar Lafontaine nach dem erfolgten Wiedereinzug der Republikaner in den baden-württembergischen Landtag in bockiger Rechthaberei seine fremdenfeindliche Aussiedlerpolitik verteidigt, muß sich fragen lassen, ob er nicht gaga ist.

Jürgen Trittin, Vorstandssprecher Bündnis 90/Die Grünen, (1996).

Die SPD braucht einen wie Herbert Wehner, keinen politischen und moralischen Luftikus.

Hans Apel, SPD, über Parteichef Lafontaine, (1996).

Der Mann hat nach seiner Wahl heftig Gas gegeben. Er hat aber vergessen, den Gang einzulegen.

Wolfgang Gerhardt, FDP-Vorsitzender, (1996).

Der ist gestartet wie eine Rakete und schwebt mittlerweile wie ein Heißluftballon dahin.

Michael Vesper, Bündnis 90/Die Grünen, nordrhein-westfälischer Bauminister, (1996).

Wenn Oskar Lafontaine das Meister-BAföG eingeführt hat, dann hat Baron Münchhausen den Lügendetektor erfunden.

Jürgen Rüttgers, CDU, Bundesbildungsminister, (1996).

Oskar, du hast recht. Und wir verkünden ab sofort deine Botschaften.

Hermann Haack, SPD, (1996).

Die Ministerpräsidenten sind zu Marionetten geworden, Lafontaine zieht an der Schnur, und sie reißen bei der Abstimmung die Arme hoch.

Michael Glos, Vorsitzender der CSU-Landesgruppe im Bundestag, (1996).

Das neue Oskar-Rumpelstilzchen-Modell: Heute leugne, morgen verhandle ich, übermorgen wird die PDS meine Braut.

Theo Waigel, CSU, Bundesfinanzminister, (1997).

Steuerpolitisch weiß eine Hälfte der SPD nicht, was sie will. Die andere Hälfte will nicht, was sie weiß. Und Herr Lafontaine weiß es nicht und will es auch nicht, was er nicht weiß.

Hermann Otto Solms, FDP-Fraktionschef, (1997).

Nach acht Jahren Finanzminister fürchtet man sich nur noch vor Gott und dem Teufel, sonst vor niemandem, vor Herrn Lafontaine schon gar nicht.

Theo Waigel, CSU, Bundesfinanzminister, (1997).

Lafontaine hat die SPD mit seiner Verweigerungshaltung in die mückigen Sümpfe der politischen Verantwortungslosigkeit geführt.

Peter Hintze, CDU-Generalsekretär, (1997).

Oskar Lafontaine sitzt in Saarbrücken, dreht Däumchen und grinst.

Wolfgang Schäuble, Vorsitzender der CDU/CSU-Fraktion, (1997).

Schröder lockt,
Scharping schockt,
Lafontaine blockt.

Andreas Schmidt, Parlamentarischer Geschäftsführer der CDU/CSU-Bundestagsfraktion, (1997).

Die Öffentlichkeit muß sich damit abfinden, daß ich Bezüge in der Höhe eines Abteilungsleiters bei den Saarbergwerken habe.

Über sich selbst, (1992).

Wer zu früh springt, springt zu kurz.

Zu den Vorwürfen, er sei ein Zauderer, (1987).

Horst Jürgen Lahmann

Der (Bremer FDP-Vorsitzende) Lahmann betreibt in dem Bestreben, so schnell wie möglich Finanzsenator der Freien Hansestadt zu werden, einen Knackfrosch-Wahlkampf.

Konrad Kunick, SPD-Vorsitzender in Bremen, (1979).

Manfred Lahnstein

Der Lahnstein ist der Modellathlet für die Bonner Fernsehdemokraten, aber damit hat er die SPD finanz- und wirtschaftspolitisch noch lange nicht hinter sich.

Dieter Spöri, SPD, über den Finanzminister, (1982).

Otto Graf Lambsdorff

Ich bedauere, Graf Lambsdorff, daß Sie sich nicht die Mühe gemacht haben, den Bericht der Mittelstandsdiskussionsgruppe, auf den das »Handelsblatt« Bezug nimmt, selbst anzusehen. Dann hätten Sie es sich ersparen können, hier einen Blindgänger abzufeuern, dessen Rauch nun, wie ich meine, in Ihrem Lager steht.

Karl Carstens, CDU, über den FDP-Politiker, (1974).

Eingeführt in die Koalition hat Sie der Hiwi der reichen Unternehmen, Graf Lambsdorff.

Rudolf Schöfberger, SPD, über die Steuervorlage der Koalition, (1977).

Wir sollten das Kapital, das wir in Graf Lambsdorff haben, besser pflegen.

Jürgen W. Möllemann, FDP, (1978).

Ein baltischer Landedelmann, der noch nicht weiß, daß die Leibeigenschaft abgeschafft ist.

Franz Josef Strauß, CSU-Vorsitzender, (1978).

Vom Bundeswirtschaftsminister geht die Mär, er vernehme sogar Stimmen aus dem politischen Jenseits. Er hingegen ist in seiner eigenen Partei längst zu einem politischen »Geisterfahrer« geworden.

Theo Waigel, CSU, (1978).

Aber ich muß leider auf etwas zu sprechen kommen, was sich vorgestern hier abgespielt hat. Der Bundeswirtschaftsminister Graf Lambsdorff, der sich anscheinend noch nicht in die Rolle fügen kann, die ihm durch die Abwanderung seines Vorgängers zur Dresdner Bank zugefallen ist, hat die Aussprache über den Haushalt des Bundeswirtschaftsministeriums dazu mißbraucht, mich wegen einer »Spiegel«-Meldung vom 28. November 1977 anzurempeln. In ihr ist Schreckliches berichtet worden: Ich sei nicht mit der Lufthansa, sondern mit der Swissair nach Südamerika geflogen. Ich hätte deshalb kein Recht oder keine Glaubwürdigkeit, über Maßnahmen gegen den Terrorismus zu reden. Ich habe noch gar nicht gewußt, daß ich als Passagier einer Luftlinie gegen Terrorismus zu kämpfen hätte.
Das ist gräfliche Logik, gegen die ich hier nichts einzuwenden habe. Ich muß Sie fragen, Herr Graf: Müssen Sie Ihre Reden im Parlament unbedingt – und das geschah ja nicht zum erstenmal – durch Einlagen aus einem Rüpelspiel aufladen?

Franz Josef Strauß, CSU, (1978).

Der Ludwig Erhard der 80er Jahre ist der Bundeswirtschaftsminister Otto Graf Lambsdorff.

Hans-Dietrich Genscher, FDP, (1980).

Genscher hat die Gewichtsklassen verwechselt. Dies ist ein im Olympiajahr besonders schwerer Fehler. Da muß Graf Lambsdorff noch einiges dazu legen. Mit zwei, drei Lorbeerblättern seines Vorsitzenden ist es nicht getan. Die welken schnell und sind sehr, sehr leicht.

Günther Henrich, CDU-Sprecher, (1980).

Der Graf Lambsdorff soll sich seine Stimmen bei der CDU holen, nicht bei der SPD.

Helmut Schmidt, SPD, Bundeskanzler, zur Zweitstimmen-Diskussion, (1980).

Der hat sie wohl nicht mehr alle.

Eugen Loderer, IG-Metall-Chef, (1980).

Lordsiegelbewahrer der sozial-liberalen Koalitionsregierung und nicht der Brückenkopf der Union.

Norbert Blüm, CDU, (1981).

Graf Lambsdorff muß in aller Freundschaft daran erinnert werden, daß er nicht etwa stiller Teilhaber der Firma Schmidt & Co, sondern persönlich haftender Gesellschafter ist.

Walther Leisler Kiep, CDU, (1981).

Wer sich mit einer sozialen Wende mit einseitigen Belastungen der Arbeitnehmer, der Arbeitslosen, der Kranken und anderer benachteiligter Gruppen brüstet, aber vor den Steuerprivilegien der Reichen, den kriminellen Zuwendungspraktiken an Politiker und Parteien, den verbrecherischen Praktiken auf dem Markt der illegalen Leiharbeiter und der Bestechlichkeit verschiedener Politiker die Augen verschließt, paßt gut in die Ahnenreihe der Raubritter und menschenschindender Großgrundbesitzer.

Julius Lehlbach, rheinland-pfälzischer DGB-Vorsitzender, (1982).

Stoppt Lambsdorff, damit der soziale Friede gewahrt wird.

Eugen Loderer, Vorsitzender der IG-Metall, (1982)

Der Lambsdorff hat sein eigenes Grab gegraben, denn er hat die soziale Marktwirtschaft preisgegeben und ist voll verantwortlich für den wirtschaftlichen Abstieg der Bundesrepublik.

Heiner Geißler, CDU-Generalsekretär, (1982).

Graf Lambsdorff soll lieber die Arbeitslosigkeit als die SPD bekämpfen.

Willy Brandt, SPD-Vorsitzender, (1982).

War denn der FDP-Mann Lambsdorff dreizehn Jahre in einem Schweigelager in Sibirien verschwunden? Steckte Lambsdorff dreizehn Jahre lang in einer Taucherglocke in der Südsee?
War Lambsdorff dreizehn Jahre lang im indischen Dschungel verschollen?

Franz Josef Strauß, CSU-Vorsitzender und Ministerpräsident Bayerns, zum Sparkonzept des Bundeswirtschaftsministers, (1982).

Dieses Arschloch!

Günter Verheugen, SPD, Ex-FDP-Generalsekretär, (1983).

Lambsdorff versteht wahrscheinlich was von Parteienfinanzierung, aber nicht genug von der Stahlindustrie.

Helmut Schmidt, SPD, (1983).

Bundeswirtschaftsminister Graf Lambsdorff muß vom Teufel geritten sein, wenn er mit rüden Attacken, die aus der SED-Zentrale stammen könnten, einen Streit zwischen FDP und CDU vom Zaune brechen will.

Edmund Stoiber, CSU, Chef der bayerischen Staatskanzlei, (1983).

Ich habe die Behörden der DDR kritisiert und bin dafür von Graf Lambsdorff angegriffen worden, der sich merkwürdigerweise hier als Sachwalter der DDR-Behörden aufgespielt hat.

Franz Josef Strauß, CSU, (1983).

Franz Josef hat Graf L. geradezu in seiner Ecke festgenagelt.

Egon Lutz, SPD, (1983).

Lambsdorff entwickelt sich mehr und mehr zu einem politischen Rückfalltäter.

Theo Waigel, CSU, (1983).

Ein preußischer Minister hätte unter Bestechungsvorwurf die Pistole genommen. Lambsdorff nimmt nicht einmal seinen Hut.

Peter Conradi, SPD, (1983).

Dem Minister ist jedes Gefühl für politischen Anstand abhanden gekommen.

Alfred Emmerlich, stellvertretender Vorsitzender der SPD-Bundestagsfraktion, (1983).

Ich sage immer, das Beste, was uns passieren kann: Lambsdorff im Amt, Wörner im Amt, Strauß in Syrien und die Luft voller Gerüchte.

Peter Glotz, SPD-Bundesgeschäftsführer, (1984).

Ich stehe zu Lambsdorff zu Lande, zu Wasser und in der Luft.

Hans-Dietrich Genscher, FDP, (1984).

Wie soll man die Zukunft mit Leuten von gestern gewinnen?

Lothar Späth, CDU, über Graf Lambsdorff, (1985).

Damit hat Graf Lambsdorff mal wieder voll in den Ofen geschossen.

Heiner Geißler, CDU, Bundesfamilienminister, zur Lambsdorff-Kritik am geplanten Erziehungsgeld, (1985).

Was Lambsdorff macht, ist absolut kontraproduktiv: So als Springteufelchen der Marktwirtschaft alle 14 Tage aus der Kiste hüpfen.

Heiner Geißler, CDU, (1985).

Lambsdorff leidet an Gedächtnisschwund.

Anton Jaumann, CSU, bayerischer Wirtschaftsminister, (1985).

Graf Gestern, genannt Lambsdorff.

Franz Josef Strauß, CSU, bayerischer Ministerpräsident, zu den Vorwürfen des FDP-Politikers, er und Kollege Späth verletzen marktwirtschaftliche Prinzipien, (1985).

Der Graf ist an gerichtsfreien Tagen immer besonders lebendig und aktiv.

Hans-Jochen Vogel, SPD-Fraktionschef, (1985).

Lambsdorff kann sein ramponiertes Ansehen nicht durch unqualifizierte Äußerungen seines aus der Kontrolle entglittenen Temperaments wiederherstellen.

Franz Josef Strauß, CSU-Vorsitzender, (1986).

Superminister im Wartestand mit Ausschließlichkeitsanspruch für alleinseligmachende Auffassungen.

Hansheinz Hauser, stellvertretender Vorsitzender der CDU/CSU-Bundestagsfraktion, (1987).

Am Sonntag das Vaterland preisen, am Montag den Fiskus bescheißen.

Rudolf Schöfberger, SPD, (1988).

Ich werde Sie noch weiter kompromittieren. Ich habe noch zwei Komplimente.

Hans-Jochen Vogel, SPD, (1988).

Mir ist immer deutlich gewesen, daß Sie mit Herrn Lafontaine denselben Anfangsbuchstaben im Namen haben. Mir war noch nie so deutlich wie heute, daß Sie auch die gleiche Begabung zu arrogant präsentierter Polemik haben. Da sind Sie ihm sogar noch überlegen.

Anke Martiny, SPD, (1988).

Der Graf ist die personelle Widerlegung des Wortes »Noblesse oblige«.

Oskar Lafontaine, stellvertretender SPD-Vorsitzender, über den FDP-Chef, (1989).

Es ist das bekannte Ritual des nörgelnden Grafen, wenn er vor einem Parteitag der FDP innerparteiliche Probleme sieht, daß er die Flucht nach außen ergreift und unkontrolliert herumholzt.

Wolfgang Bötsch, Vorsitzender der CSU-Landesgruppe im Bundestag, (1991).

Lambsdorff hinterläßt ein Feld des Chaos und der verbrannten Erde.

Wolfgang Kubicki, Vorsitzender der FDP in Schleswig-Holstein, (1993).

Graf Lambsdorff muß aufpassen, daß er nicht selbst zum Pflegefall der Koalition wird.

Jürgen Rüttgers, CDU, Parlamentarischer Geschäftsführer der Unions-Fraktion, zu Lambsdorffs Äußerung, daß die geplante Pflegeversicherung gescheitert sei, (1993).

Adeliger Klugscheißer.

Theo Waigel, CSU, Bundesfinanzminister, (1995).

Die Stänkereien von Graf Lambsdorff sind gelinde gesagt schwer erträglich.

Gerda Hasselfeldt, CSU, (1996).

Der braucht wohl die tägliche Schlagzeile, um den Abschied von früheren Würden verkraften zu können.

Theo Waigel, CSU, Bundesfinanzminister, (1996).

Von Pyrotechnik verstehen Sie nichts. Knallfrösche zerplatzen und sind weg – und ich bin hier.

Über sich selbst, auf die Äußerung des Grünen-Abgeordneten Detlef Kleinert, er habe bei der Fusion der Daimler-Benz/MBB die Rolle eines politischen Knallfroschs übernommen, (1988).

Erleichtert warf der Ochse das Joch ab und trottete ins Schlachthaus.

Über sich selbst, (1989).

Das entspricht einer amerikanischen Redeerfahrung, die da sagt: Es ist immer gut, wenn du als letzter dran bist; zwar kannst du dein Manuskript nicht benutzen, aber du kannst alles das richtigstellen, was vorher gesagt worden ist.

Über sich selbst, (1990).

Er (Jacques Delors) sagte weiter, ein Flicken auf dem Holzbein mache dasselbe nicht lebendig. Ich kann ihm bestätigen, daß er recht hat.

Über sich selbst, (1992).

Torsten Lange

Sie reden als Handlanger Moskaus!

Siegfried Hornung, CDU, zu dem Grünen-Abgeordneten Torsten Lange, (1985).

Sie sind nicht mal ein Witzbold, Sie sind ein Verleumder!

Gerhard Reddemann, CDU, (1985).

Hans Langemann

Der suspendierte bayerische Staatsschutzchef Hans Langemann ging mit Geheimdokumenten um wie ein leichtes Mädchen: ohne Moral.

Wilhelm Gastinger, CSU, (1982).

Detlev von Larcher

Herr Larcher, als Sie heute zur Morgenstunde um halb zehn geredet haben, da hat für mich das Wort Morgengrauen eine ganz neue Bedeutung bekommen.

Wolfgang Schäuble, CDU, zu dem SPD-Abgeordneten Detlev von Larcher, (1997).

Hanna Renate Laurien

Man nennt mich Hanna Granata und schreibt mir auch unter diesem Namen. Wer einen Spitznamen hat, ist in.

Hanna Renate Laurien, CDU, Berliner Schulsenatorin, über sich selbst, (1986).

Georg Leber

Alles, was Sie bisher erzählt haben, war dummes Geschwätz, um von der Sache abzulenken.

Josef Schmitt, CDU, über den Bundesverkehrsminister, SPD, (1971).

Die reinsten Goebbelsmethoden!

Manfred Luda, CDU, (1971).

Meine Damen und Herren! Herr Minister Leber, Sie sind bekannt für Ihre mimosenhafte Empfindsamkeit.

Ernst Müller-Hermann, CDU, (1971).

Karl Heinz Lemmrich, CSU: Meine Herren von der SPD, daß Sie sich mokieren, wenn ich ans Rednerpult gehe, dafür kenne ich Sie ja. Aber beruhigen Sie sich! Sie werden

sicherlich bald zu Ihrem Bier kommen. Meine verehrten Damen und Herren, das, was Herr Leber hier geboten hat, war dieses Hauses unwürdig.
Anton Stark, CDU: Eines Ministers unwürdig!
Karl Heinz Lemmrich, CSU: Meine sehr verehrten Kolleginnen und Kollegen, was dieser Mann geboten hat, war eines Ministers unwürdig.
Carl-Ludwig Wagner, CDU: Das war der letzte Dreck!
Karl Heinz Lemmrich, CSU: und war der Mißbrauch seines Amtes, zu jeder Zeit so lange, wie er will, reden zu können. Aber ich kann mich des Eindrucks nicht erwehren, daß Herr Minister Leber heute etwas zu lange im Restaurant verbracht hat, und ich möchte ihn gerne fragen, ob er bereit ist, sich dem Promilletest zu unterwerfen.

Aus einer Debatte des Deutschen Bundestages vom 27. April 1972.

Ein übler Polemiker.

Manfred Wörner, CDU, (1976).

Der beste Verteidigungsminister aller Zeiten: Niemand verteidigte sich in solch aussichtsloser Situation so hartnäckig wie er.

Rheinischer Karnevalswitz, (1978).

Elefanten sterben langsam.

Günter Verheugen, FDP-Geschäftsführer, über den Abschied von Bundesverteidigungsminister Georg Leber, (1978).

Bleibt er im Amt, muß er tagtäglich mit Aussagen oder Dokumenten rechnen, die ihn in der einen oder anderen Weise belasten. Für Georg Leber besteht heute noch die Chance, in Ehren abzutreten. Ob man das in vier Wochen weiter sagen kann, sollte sich Georg Leber über Weihnachten selbst fragen.

Gerhard Reddemann, CDU, (1977).

Leute wie ich werden im Erscheinungsbild der SPD langsam zu seltenen Exemplaren. Mitglieder, die aus der Arbeiterschaft kommen, die nicht studiert haben, die nicht perfekt Englisch können, die ein Handwerk gelernt haben, die mit beiden Füßen auf der Erde stehen, die selbst Arbeiter sind, solche Mitglieder sind in vielen Führungsgremien schon in der Minderheit. Die SPD wird mehr und mehr zu einer Partei, in der es ein Arbeiter schwer hat, seine Auffassung zur Geltung zu bringen …

Über sich selbst, (1982).

Robert Lehr

Ich will herausstellen, daß der Mörder Lehr heißt.

Heinz Renner, KPD, über Bundesinnenminister Robert Lehr, CDU, nachdem bei einer Anti-Adenauer-Demonstration in Essen ein Demonstrant zu Tode gekommen war, (1952).

Jetzt gibt's einen Feuersalamander!

Otto Heinrich Greve, SPD, (1953).

Ich habe meinen Antrag begründet. Wenn es mir nicht gestattet ist, das Vorbild des Herrn Dr. Lehr aus der Zeit der Bismarckschen Reaktion [der preußische Minister von der Recken – 1898, Anm. d. Hrsg.] zu zitieren, dann habe ich hier nichts mehr zu sagen.

Walter Fisch, KPD, (1953).

Walther Leisler Kiep

Die Edelnerze verlassen das sinkende Schiff.

Peter von Oertzen, SPD, über den Wechsel des bisherigen niedersächsischen Finanzministers nach Bonn, (1980).

Ich will euch was sagen: Das ist so ein Schmetterling, der von Blume zu Blume hüpft, das ist ein Paradiesvogel – viel Gezwitscher und nichts dahinter.

Helmut Schmidt, SPD, Bundeskanzler, (1982).

Otto Lenz

Jetzt haben Sie wieder nicht zugehört! Ich habe von Rüstungsbegrenzung und -kontrolle gesprochen. Ich wiederhole es für den Nachhilfeschüler Lenz zum drittenmal: Rüstungsbegrenzung und -kontrolle.

Fritz Erler, SPD, zu dem CDU-Abgeordneten Otto Lenz, (1957).

Franz Lenze

Meine sehr verehrten Zwischenrufer von der CDU, Ihre Psychose geht so weit, daß Sie vorgestern sogar Ovationen veranstaltet haben, als einer Ihrer Redner einen angeblichen Widerspruch in Erlers Rede aufzudecken sich abmühte, obgleich Sie doch die Rede Erlers gar nicht gehört hatten; denn Sie waren doch draußen!

Helmut Schmidt, SPD, (1958).

Sabine Leutheusser-Schnarrenberger

Es ist nicht die Zeit großer Würfe. Die Frau ist praktisch und normal.

Detlef Kleinert, FDP-Rechtsexperte, (1992).

Der »Bayern-Kurier« moniert sogar den Hundenamen der neuen Justizministerin (i. e. ein Dackel namens Dr. Martin Luther).

Werner Schulz, Bündnis 90/Die Grünen, (1992).

Sie ist ja eine Frau. Als Frau steht sie unter Artenschutz.

Johannes Gerster, stellvertretender CDU/CSU-Fraktionsvorsitzender, (1993).

Sie hat uns heute etwas vorgelesen. Jetzt wissen wir, daß sie vorlesen kann.

Dieter Wiefelspütz, SPD, über die Ausführungen von Bundesjustizministerin Sabine Leutheusser-Schnarrenberger, FDP, in der Sondersitzung von Rechts- und Innenausschuß zu Bad Kleinen, (1993).

Heilige Johanna des Rechts.

Horst Eylmann, CDU-Rechtsexperte, (1993).

Einzige Hoffnung ist, daß die FDP-Frauen Leutheusser-Schnarrenberger und Dr. Funke-Schmitt-Rink die Gelegenheit nutzen, sich von ihren Namensungeheuern zu trennen.

Heinrich Lummer, CDU, zu dem im Bundestag beschlossenen neuen Namensrecht, (1993).

Frau Leutheusser-Schnarrenberger redet viel. Es ist manchmal besser, wenn man das nicht alles zur Kenntnis nimmt.

Wolfgang Schäuble, CDU/CSU-Fraktionschef, (1994).

Zu Rexrodt sage ich nichts. Und zu Leutheusser-Schnarrenberger verbitte ich mir jeden Kommentar.

Helmut Kohl, CDU, Bundeskanzler, (1994).

Das ist nicht Ihr Bier, Frau Leutheusser.

Manfred Kanther, CDU, Bundesinnenminister, zu der Justizministerin, die die Befristung des Abschiebestopps in die Türkei kritisiert hatte, (1994).

Die Liberalalla-Ansichten Frau Leutheusser-Schnarrenbergers werden zunehmend unerträglich.

Carola Hartfelder, brandenburgische CDU-Landesvorsitzende, über Vorschläge der FDP-Bundesjustizministerin zur Drogenpolitik, (1995).

Walter Link

Nicht immer zeigt des Brüllers Sinn
Auf seine Cleverness stets hin,
Herr Kollege Link.

Arne Fuhrmann, SPD, zu dem CDU-Abgeordneten Walter Link, (1993).

Helmut Linssen

Daß wir der Landesregierung keine Fragen stellen, die sie in eine unangenehme Situation bringt, das können Sie bei einem mittleren Intelligenzquotienten doch unterstellen.

Friedhelm Farthmann, Vorsitzender der SPD-Landtagsfraktion in Nordrhein-Westfalen, zu seinem CDU-Kollegen über den Sinn parlamentarischer Anfragen an die Regierung, (1991).

Klaus W. Lippold

Sie Dreckschleuder!

Dieter Spöri, SPD, zu dem CDU-Abgeordneten Lippold, (1985).

Hans Löfflad

Wo bleibt der Ordnungsruf für solche Bemerkungen? – Haben Sie nicht verstanden? – Nur ein Rotzjunge kann solche Bemerkungen machen!

Heinz Renner, KPD, auf die Bemerkung des WAV-Abgeordneten Hans Löfflad: »Ohne Loritz! Wir haben unseren Reimann aus unserer WAV ausgeschlossen« [gemeint sind Alfred Loritz, ehemals WAV, später fraktionslos, sowie Max Reimann, KPD, Anm. d. Hrsg.], (1951).

Julius Louven

Ich lasse mir nicht vorwerfen, ein Sozialrambo zu sein.

Der CDU-Abgeordnete Julius Louven über sich selbst, (1995).

Manfred Luda

Sie sind ein Quatschkopf, weiter gar nichts!

Herbert Wehner, SPD, (1966).

Werner Maihofer

Natürlich hat Herr Maihofer die Bonner Passionsspiele durch einen Schleiertanz bereichert, indem er die Rolle der Salome und des Johannes gleichzeitig gespielt hat.

Franz Josef Strauß, CSU, (1977).

Herr Kollege Maihofer tut seine Pflicht, und weil er sie tut, stehen wir zu ihm.

Hans-Dietrich Genscher, FDP-Vorsitzender, sechs Tage vor Maihofers Rücktritt als Innenminister, FDP, (1978).

Nun hat ein Minister, der menschlich liebenswürdig ist, ins Gras beißen müssen.

Friedrich Zimmermann, CSU-Landesgruppenchef, (1978).

Lothar de Maizière

Aber ob er gegen die Dampfwalze aus Bonn standhalten kann, steht dahin.

Jens Reich, Vertreter des Neuen Forum, (1990).

Das hat man davon, wenn man einen Bratschisten die erste Geige spielen läßt.

Hermann Otto Solms, stellvertretender Fraktionschef der FDP, (1990).

Der Elefant im Porzellanladen heißt de Maizière, und der hat offensichtlich ein großes Vorbild.

Oskar Lafontaine, SPD, saarländischer Ministerpräsident, über den CDU-Politiker und letzten Ministerpräsidenten der DDR, (1990).

Lothar de Maizière entwickelt sich zur tragischen Figur. Er sprengt seine eigene Regierung und will dann an der Spitze einer Regierung, die es gar nicht mehr gibt, mit Bonn verhandeln.

Gerhard Schröder, SPD, niedersächsischer Ministerpräsident, (1990).

Ich bin während meiner Amtszeit als Innenminister mit Ministerpräsident de Maizière wie Dick und Doof durch die Regierungsarbeit gegangen.

Peter-Michael Diestel, DDR-Innenminister, (1990).

Kohl hat sich schon die Serviette in den Hals gestopft und trommelt mit Messer und Gabel auf den Tisch, er will sofort sein großdeutsches Schnitzel. Und der kleine de Maizière röchelt: Ich bin noch gar nicht fertig mit dem Sterben.

Wolf Biermann, Liedermacher, über die deutsche Vereinigung, (1990).

Ich lebe ganz gut von den Schwächen der Gesetze, die ich mit zu verantworten habe.

Über sich selbst, (1992).

Ernst Majonica

Ernst Majonica, CDU: Schon regt es sich im Lager der Opposition, schon erleben wir, daß Herr Haas, der FDP-Vorsitzende von Bayern, eine grundsätzliche Überprüfung der Wehr- und Außenpolitik –
Herbert Wehner, SPD: Ein Hase macht noch keinen Sommer!
Ernst Majonica, CDU: Wir hören schon wieder ein schönes Wort über Ihre möglichen Koalitionspartner. Man könnte das fast sammeln, Herr Kollege Wehner.
Wilhelm Mellies, SPD: Wir setzen Sie als Protokollchef bei der Koalition ein.
Ernst Majonica, CDU: Das freut mich sehr. Leider können

wir einige Ihrer Kollegen nicht als Protokollchef brauchen, weil sie in Ihren Ausdrücken zu scharf sein würden, da sie das Protokoll nicht so sehr beherrschen.

Aus einer Debatte des Deutschen Bundestages vom 8. November 1956.

Norbert Mann

Ein Leben lang nicht gearbeitet, dumm daherreden und sich mit Staatsknete aushalten lassen! Das habe ich gern!

Gerhard O. Pfeffermann, CDU, zu dem Grünen-Abgeordneten Norbert Mann, (1985).

Berthold Martin

Sie sind ein Flegel!

Herbert Wehner, SPD, zu dem CDU-Abgeordneten Berthold Martin, (1964).

Karl Marx

Karl Marx erscheint wieder auf der Erde, bittet um einen Termin für ein Statement im ungarischen Fernsehen und erklärt: »Proletarier aller Länder, verzeiht mir.«

Otto Graf Lambsdorff, FDP, (1988).

Marx ist kein Flügel in unserer Partei, Marx gehört in unsere Mitte.

Uwe-Jens Heuer, PDS, (1997).

Werner Marx

Herbert Wehner, SPD: Brauchen Sie ein langes Manuskript dafür? Es wird allmählich unappetitlich!
Werner Marx, CDU: Meine Damen und Herren, ich möchte ein weiteres hinzufügen, selbst dann, Herr Kollege Wehner, wenn Sie in der Art, wie Sie hier Zwischenrufe ma-

chen, sagen, dies sei für Sie unerträglich. Ich hätte gerne gehört, daß Sie sich, Herr Wehner, in den letzten Tagen einmal geäußert hätten, daß Sie einmal ein Wort für Ihre gläubige Gemeinde gesagt hätten.
Herbert Wehner, SPD: Das lassen Sie einmal meine Sache sein, Sie Regisseur!

Aus einer Debatte des Deutschen Bundestages vom 17. Januar 1980.

Unglaublich ist diese Art, sie ist einzigartig! Das gibt es in keinem europäischen Parlament, daß man sich angesichts der ernsten Vorkommnisse in dieser Frage wie eine Ratte verhält ...!

Herbert Wehner, SPD, (1980).

Ingrid Matthäus-Maier

Niemand kennt Sie!

Theo Waigel, CSU, Bundesfinanzminister, auf den Zuruf der SPD-Politikerin, sie sei dauernd in Bayern, (1991).

Die Frau geht mir langsam auf die Nerven.

Walter Momper, SPD-Landesvorsitzender in Berlin, (1992).

Ich hatte ja schon erwartet, daß heute das Mikrophon ausfällt. Allerdings hatte ich es erst erwartet, Frau Matthäus-Maier, wenn Sie sprechen.

Theo Waigel, CSU, Bundesfinanzminister, (1992).

Liebe Kollegin Matthäus-Maier, in Holland gibt es ein Museum für alte Leierkästen und alte Platten. Ich glaube, Sie könnten da mit den Dingen, die Sie bringen, ganze Abteilungen füllen.

Hansgeorg Hauser, CSU, (1993).

Klaus Matthiesen

Wir wollen in schwierigen Zeiten auch keinem Leichtmatrosen die Verantwortung für unser Land überlassen.

Gerhard Stoltenberg, CDU, zur SPD-Nominierung von Klaus Matthiesen, SPD, als Spitzenkandidat bei der Landtagswahl in Schleswig-Holstein, (1978).

Hans Matthöfer

Da sitzt der Finanzminister. Er hat im Juni des vergangenen Jahres erklärt, was wir vorschlagen, sei nicht finanzierbar. Während der Sommerpause hat dann aber unser Staatsschauspieler ein 13-Milliarden-Programm aufgelegt. Das war dann »seriös«.

Gerhard Zeitel, CDU, über den SPD-Politiker, (1979).

Bei den anderen Ministern plant Matthöfer nur einen Streifschuß – bei mir einen Blattschuß.

Josef Ertl, FDP, Bundeslandwirtschaftsminister, (1980).

Auch Hans Matthöfer hat keinen Geldscheißer.

Dieter Spöri, SPD-Finanzexperte, (1981).

Bundesfinanzminister Hans Matthöfer hat für seine Etatrede zwei Oscars verdient. Einen Oscar für große Standfestigkeit in fast hoffnungsloser Lage, und zweitens, einen Oscar für Lernfähigkeit, weil Sie es fertiggebracht haben, in relativ kurzer Zeit von einem demokratischen Sozialisten zu einem sozialdemokratischen Marktwirtschaftler zu werden.

Walther Leisler Kiep, stellvertretender Vorsitzender der CDU/CSU-Bundestagsfraktion, (1981).

Es ist sicher keine vergnügungssteuerpflichtige Tätigkeit, die ich ausübe.

Über sich selbst, (1980).

Ernst Mayer

Sie sind die größte Panne!

Franz Marx, SPD, auf die Bemerkung des FDP-Abgeordneten Ernst Mayer, es habe Pannen gegeben, (1952).

Alfred Mechtersheimer

Er steht im Prinzip schon inhaltlich außerhalb der Partei, und er läuft ja nur deswegen überall mit, um die CSU wohl zu provozieren.

Edmund Stoiber, CSU-Generalsekretär, über den CDU-Abtrünnigen, (1981).

Wilhelm Mellies

Im übrigen, Herr Mellies, Ihnen möchte ich mit einem Wort Goethes antworten:
Es will der Spitz aus jenem Stall
Uns immerfort begleiten,
Und seines Kläffens lauter Schall
Beweist nur, daß wir reiten.

Albert Walter, DP, (1952).

Linus Memmel

Sie Dreckschleuder!

Herbert Wehner, SPD, zu dem CSU-Abgeordneten Linus Memmel, (1966).

Ein ausgesprochener Drecksack sind Sie!

Hans Hermsdorf, SPD, (1966).

Angela Merkel

Man sollte Frau Merkel nicht unterschätzen.

Theo Waigel, CSU-Chef, auf die Frage nach seiner Beurteilung der Wahl von Angela Merkel als Stellvertreterin von CDU-Chef Helmut Kohl, (1991).

Merkel und Rexrodt sagen zwar Konsens, bei näherem Hinsehen aber meinen sie Nonsens.

Harald B. Schäfer, SPD, Umweltminister in Baden-Württemberg, (1995).

Merkel ist die Kaltmamsell der Atomwirtschaft.

Jürgen Trittin, Bündnis 90/Die Grünen-Bundesvorstandssprecher, über die Bundesumweltministerin, CDU, (1997).

Hans Merten

Franz Josef Strauß, CSU, Bundesverteidigungsminister: Kollege Merten, Sie waren so lange in Rußland, wie ich aus Ihrer Lebensgeschichte weiß. Sie waren länger dort als ich, und ich teile bestimmt mit Ihnen den Wunsch, nie mehr, weder als Krieger noch als KZ-Häftling jemals dort aufzutauchen.
Fritz Eschmann, SPD: Ob man das so ohne weiters glauben kann?
Franz Josef Strauß, CSU: Ja, das hängt von Ihrem Verstand ab, nicht von meiner Einstellung.
Fritz Eschmann, SPD: Und das zeigt Ihre Großschnauzigkeit!

Aus einer Debatte des Deutschen Bundestages vom 2. Juli 1958.

Hans Modrow

Sein Pech ist, daß er in der falschen Partei ist.

Rainer Eppelmann, DDR-Minister ohne Geschäftsbereich, über die politische Zukunft des SED/PDS-Politikers Hans Modrow, (1990).

Helmuth Möhring

Sprechen Sie für die SPD oder die SED?

Fritz Wittmann, CSU, zu dem SPD-Abgeordneten Helmuth Möhring, (1975).

Jürgen W. Möllemann

Was ist der Unterschied zwischen der Neutronenbombe und dem Bundestagsabgeordneten Möllemann? – Möllemann streut mehr.

Christoph Strässer, Vorsitzender der Jungdemokraten, (1978).

Es geht doch nicht an, daß uns jeder Furz, den Herr Möllemann läßt, als besonders wohlriechend verkauft wird, bloß weil er ein Vertrauter unseres Vorsitzenden Genscher ist.

Hinrich Enderlein, stellvertretender baden-württembergischer FDP-Vorsitzender, (1982).

Wenn Herr Genscher sich den Bauchredner Möllemann hält, dann ist das seine Angelegenheit. Wir haben aufgehört, Herrn Möllemann als ernsthaften Politiker zu betrachten.

Franz Josef Strauß, CSU-Vorsitzender, (1983).

Von Ihnen möchte ich nicht geschätzt werden, Herr Möllemann.

Peter Conradi, SPD, (1984).

Sie sind ein arroganter Schnösel, Herr Möllemann, das muß ich wirklich sagen!

Norbert Mann, Die Grünen, (1986).

Wir ermutigen alle die, die sich mit Nüchternheit und dem Sinn für Anstand zu Wort melden und das Feld nicht den Demagogen, auch Demagogen à la Möllemann und anderen, die sich hier mit Zwischenrufen betätigen, überlassen.

Herta Däubler-Gmelin, SPD, (1986).

Er ist ein schöner Mann, aber mehr auch nicht.

Trude Unruh, fraktionslose Abgeordnete, (1990).

Für den muß eine neue Steuer eingeführt werden – eine Schlagzeilensteuer.

Kurt Faltlhauser, CSU-Finanzexperte, (1991).

Das Märchen vom Diener Möllemann.

Detlev von Larcher, SPD, (1991).

Ich entpflichte Herrn Möllemann von seinem Schwur. Er darf bleiben.

Wolfgang Roth, stellvertretender SPD-Fraktionsvorsitzender, (1991).

Möllemann profiliert sich gegen Waigel und gegen Lambsdorff. Waigel läßt sich von Möllemann natürlich nicht vorführen. Lambsdorff profiliert sich gegen Möllemann. Waigel muß sich ohnehin dauernd profilieren gegen Streibl, Stoiber und Gauweiler. Der eine kleine Koalitionspartner profiliert sich gegen den anderen kleinen Koalitionspartner. Waigel muß Möllemann natürlich unter zehn Milliarden halten, weil der sich sonst durchgesetzt hat. Andererseits bekommt Möllemann von Waigel aus Koalitionsräson Luftbuchungen zugestanden, damit Möllemann nicht ganz im Regen steht.

Ingrid Matthäus-Maier, SPD-Finanzexpertin, (1991).

Wir haben den Wirtschaftsminister nicht im Galopp verloren; er sitzt auf dem Pferd.

Otto Graf Lambsdorff, FDP-Vorsitzender, (1991).

Sorgt dafür, daß dieser Fallschirmspringer eine Bauchlandung macht.

Oskar Lafontaine, stellvertretender SPD-Vorsitzender, auf einer Protestkundgebung gegen die Kohlepolitik von Minister Möllemann, (1991).

Im übrigen ist Möllemann ein Minister, der schon keiner mehr wäre, wenn er seinen Worten Taten folgen ließe.

Heinz-Werner Meyer, Vorsitzender des Deutschen Gewerkschaftsbundes (DGB), zur Einmischung von Wirtschaftsminister Möllemann in die Tarifrunde, (1992).

Ein Wort, ein Mann. Ein Wortbruch, ein Möllemann.

Detlev von Larcher, SPD, (1992).

Möllemann treibt fast jede Woche eine Sau durchs Dorf, anstatt sich um sichtbare Fortschritte in den neuen Ländern zu kümmern.

Wolfgang Vogt, Vorsitzender der CDU-Sozialausschüsse, (1992).

Mich erinnert ein Vizekanzler Möllemann schon ein wenig an einen Faschingszug.

Edmund Stoiber, CSU-Innenminister in Bayern, (1992).

Einst hatten wir den Bangemann, dann hatten wir den Haussmann, jetzt haben wir den Möllemann; wann kriegen wir als Wirtschaftsminister denn endlich einen Fachmann?

Ingrid Matthäus-Maier, SPD, (1992).

Klatschmarsch für die Doof-Nuß!

Jürgen Rüttgers, CDU, (1992).

Es ist etwas schwierig, sich hinter Möllemann zu verstecken.

Klaus Töpfer, CDU, Bundesumweltminister, während des Deutschen Umwelttages in Frankfurt zu entsprechenden Vorwürfen, (1992).

Möllemanns Familiensinn sollte Kohl im neuen Kabinett im Familienministerium für alle nutzbar machen.

Gerhard Schmid, SPD, (1993).

Die Zeit, in der die Erde bebte, wenn Möllemann etwas sagte, ist vorbei.

Ein ungenannter FDP-Spitzenpolitiker laut FAZ über die Wirkung von Äußerungen des früheren Wirtschaftsministers und FDP-Landesvorsitzenden Jürgen W. Möllemann, (1993).

Es mag ja sein, daß ich etwas von Kartoffelchips verstehe. Wenn man die ißt, verehrter Herr, muß man zumindest nicht zurücktreten.

Joschka Fischer, Bündnis 90/Die Grünen, im Zusammenhang mit dem Rücktritt von Wirtschaftsminister Möllemann, (1993).

Wir sind in einer Situation, wo wir uns nach Möllemann zurücksehnen.

Rudolf Dreßler, SPD-Sozialexperte, (1993).

Möllemann als Opfer, da lachen ja die Mäuse.

Fritz Schaumann, Staatssekretär im Bundesbildungsministerium, (1994).

Möllemann sucht als politisches Auslaufmodell eine Bühne, um sein persönliches Ego in der Öffentlichkeit zu befriedigen.

Jürgen Wennekes, Vizepräsident von Schalke 04, über Möllemanns Ambitionen in dem Gelsenkirchener Fußballclub, (1994).

Eine Attacke von Möllemann beeindruckt mich ungefähr so, wie die Resolution eines Karpfens, er möge den Hecht nicht.

Horst Seehofer, CSU, Bundesgesundheitsminister, (1996).

Herr Rau und Herr Worms werden schon merken, daß hier keine leere Hülse anmarschiert kommt.

Über sich selbst, (1983).

Ob ich noch einmal mit Rücktritt drohe, werde ich mir überlegen. Denn einerseits verbraucht sich das, und andererseits weiß ich gar nicht, ob jeder das als Drohung empfindet.

Über sich selbst, (1992).

Was heißt hier Comeback? Ich bin doch da.

Über sich selbst, (1993).

Alex Möller

Dieser angeschlagene Preisboxer da oben soll lieber seinen Etat begründen.

Gerhard Stoltenberg, CDU, (1983).

Heiner Möller

Heiner Möller, CDU: Aber Herr Dr. Möller [angeredet wird hier der Abgeordnete Alex Möller, SPD, Anm. d. Hrsg.], ich habe das Gefühl –
Herbert Wehner, SPD: Daß Sie überhaupt ein Gefühl haben, bezweifle ich!
Heiner Möller, CDU: Ach Herr Wehner, Ihre für den deutschen Parlamentarismus beschämenden Ausbrüche kennt die deutsche Öffentlichkeit leider. Darüber können wir ruhig sein.
Herbert Wehner, SPD: Waschen Sie sich erst einmal! Sie sehen ungewaschen aus!

Aus einer Debatte des Deutschen Bundestages vom 20. März 1975.

Klaus Peter Möller

Als Landtagspräsident habe ich zwei Chancen in die Zeitung zu kommen: Entweder ich bringe meine Frau um, oder ich erhöhe die Diäten der Abgeordneten.

Klaus Peter Möller, CDU, Landtagspräsident in Hessen, über sich selbst, (1996).

Walter Momper

Ein hemmungsloser Demagoge sind Sie!

Gerhard O. Pfeffermann, CDU, über den Regierenden Bürgermeister von Berlin, SPD, (1990).

Ein unredlicher Schwätzer sind Sie!

Zurufe von CDU-Abgeordneten, (1990).

Er mompert wieder.

Gerhard O. Pfeffermann, CDU, (1990).

Heide Moser

Haschministerin Moser.

Roland Sauer, Leiter des Gesprächskreises Drogen der CDU/CSU-Bundestagsfraktion, über Schleswig-Holsteins Gesundheitsministerin Moser, SPD, (1996).

Oskar Müller

Oder-Neiße-Verräter.

Franz Josef Strauß, CSU, zu dem KPD-Abgeordneten Oskar Müller, (1951).

Gegen Dummheit nützt doch keine Geschäftsordnung!

Franz Josef Strauß, CSU, zu Bundestagspräsident Hermann Ehlers, CDU, der den KPD-Abgeordneten Oskar Müller für den Vorwurf, die Abgeordneten des Deutschen Bundestages seien Deputierte des Petersberges, zur Ordnung gerufen hatte, (1951).

Sie sind ein Erzlügner!

Franz Ott, parteilos, (1951).

Röter als er ist, kann er nicht mehr werden.

Karl Weber, CDU, (1953).

Der Mann ist reif für den Psychiater.

Werner Jacobi, SPD, (1953).

Das Wandern ist des Müllers Lust.

Eugen Gerstenmaier, CDU, (1953).

Lorenz Niegel

Ein Schmutzfink.

Friedrich Schäfer, SPD, über den CSU-Abgeordneten Lorenz Niegel, (1972).

Herr Niegel, Sie sollten endlich einmal vernünftig und zivilisiert zwischenrufen. Denn ich kann Sie nicht einmal akustisch verstehen. Ich möchte Sie nämlich nicht in die Kategorie der Urwaldbewohner einordnen.

Josef Ertl, FDP, Bundesernährungsminister, (1977).

Claudia Nolte

Ich kenne die Frau gar nicht.

Hermann Otto Solms, Fraktionschef der FDP im Bundestag, (1994).

Mein Alter, normalerweise eines der am besten gehüteten Geheimnisse einer Frau, ist Ihnen ja bekannt.

Die CDU-Politikerin über sich selbst, 28jährig, bei ihrer Amtsübernahme im Ministerium für Frauen, Jugend, Familie und Senioren vor Mitarbeitern, (1994).

Hermann Nuding

Der ist gar nicht so dumm, wie er ausschaut.

Michael Horlacher, CSU, in einem Zwischenruf zu dem KPD-Abgeordneten Hermann Nuding, (1950).

Rainer Offergeld

Minister Offergeld hat mit der Umbesetzung in seinem Ministerium erreicht, daß jetzt in der Chefetage eigentlich keiner mehr etwas von Entwicklungshilfe versteht.

Jürgen Todenhöfer, CDU-Entwicklungspolitiker, (1978).

Friedhelm Ost

Der Friedhelm ist ein braver, guter, prima Kollege.

Hans Klein, Chef des Bundespresseamtes über seinen Vorgänger Friedhelm Ost, (1989).

Franz Ott

Wir erleben hier folgendes: Der Herr Dr. Ott, das Mitglied der faschistischen sudetendeutschen Legion, dieser Hitler-Formation, der das deutsche Volk und das tschechische Volk unsägliches Elend verdanken, dieser Provokateur, dessen Tätigkeit, ebenso wie die seiner Hintermänner, ihre Krönung in Lidice gefunden hat, dieser Bursche stellt sich hier hin und hält eine Hetzrede! Er stellt sich hier hin und hält eine Hetzrede, der Mann, der besser täte, sich an seine eigene Brust zu schlagen und hier – ich habe schon einen Ordnungsruf erhalten – den Mund zu halten. Wenn es darum geht, für Menschenwürde und Menschenrecht einzutreten, dann ist er der Mann, der am allerletzten berufen ist, sich eine solche Rolle anzumaßen.

Heinz Renner, KPD, über den Abgeordneten der BHE/DG, Franz Ott, (1951).

Peter Paterna

Sagen Sie erst einmal, was Sie von Beruf sind, damit ich weiß, wovon Sie vielleicht eine Ahnung haben könnten.

Martin Bangemann, FDP, Bundeswirtschaftsminister, (1988).

Pfeffersack.

Zwischenruf eines SPD-Kollegen, (1990).

Kurt Pohle

Einem so wohlgemeinten Zuspruch wird das Haus wohl nicht sein Gehör verweigern. Wenn schon der Berichterstatter sich als unser Weihnachtsmann präsentiert, können wir es bei uns selber auch tun.

Carlo Schmid, SPD, Bundestagsvizepräsident, auf die Bemerkung des Berichterstatters Kurt Pohle, SPD, als vorweihnachtliches Weihnachtsgeschenk werde sein Bericht sehr kurz ausfallen, (1950).

Ludwig Poullain

Es hat mich alles ein bißchen an Al Capone erinnert.

Heinz Kühn, SPD, Ministerpräsident von Nordrhein-Westfalen, zu den Vorgängen um den früheren Vorstandsvorsitzenden der Westdeutschen Landesbank Ludwig Poullain, (1978).

Albert Probst

Wir haben die Union mit Sirenengesängen zu betören versucht. Fast hätten wir den Probst herumbekommen, aber der Grünbeck ließ ihn nicht entkommen.

Peter Conradi, SPD, über den CSU-Abgeordneten Albert Probst, (1992).

Maria Probst

Ehret die Frauen, sie flechten und weben
himmlische Rosen ins irdische Leben,
knüpfen der Liebe beglückendes Band.
Sagen Sie, Frau Probst, warum sind Sie eigentlich so böse mit uns? Warum sind Sie so böse und giftig?

Wilhelm Gülich, SPD, zu der CSU-Abgeordneten Maria Probst, (1954).

Bernd Protzner

Der fühlt sich als Generalsekretär der Koalition.

Edmund Stoiber, CSU, Ministerpräsident von Bayern, in seiner Kritik am eigenen CSU-Generalsekretär Bernd Protzner, (1997).

Will Rasner

Sie sind ein Strolch, Herr Rasner! Nehmen Sie das zur Kenntnis!

Herbert Wehner, SPD, zu dem CDU-Abgeordneten Will Rasner, (1960).

Schmutzfink.

Fritz Eschmann, SPD, (1965).

Johannes Rau

Mein geschätzter und gebildeter Kollege aus Düsseldorf benützt das Wort »Endzeitzwischenlager« als sozialistisch-ideologisch-philosophische Verfremdung für den einfachen Ausdruck Friedhof.

Bernhard Vogel, CDU, Ministerpräsident von Rheinland-Pfalz, (1979).

Johannes Rau verkauft sich als der Franz Josef Strauß von Nordrhein-Westfalen.

Gerold Tandler, CSU-Generalsekretär, (1985).

Vorsitzender der IG Harmonie.

Rudolf Dreßler, SPD, (1985).

Ich habe fast alle Reden von Johannes Rau gelesen. Da kann man nur das eine sagen: Dieser Mann bringt die größte Menge Wörter in die kleinste Menge Gedanken.

Heiner Geißler, CDU, (1985).

Rau ist ein sehr attraktiver Mann, der freundlich und heiter wirkt, der auch einen guten Eindruck auf die Menschen macht.

Franz Josef Strauß, CSU, (1985).

Seine eigene politische Linie ist verschwommen und stromlinienförmig.

Wolfgang Bötsch, CDU, (1985).

Jetzt rührt der Johannes Theophrasus Bombastus das große Mus an.

Joschka Fischer, Die Grünen, (1985).

Ich kenne keinen Politiker, der soviel Witze zu erzählen vermag, der soviel Anekdoten oder pointierte Geschichten zu erzählen vermag wie er. Aber ob das die richtige Qualifikation ist?

Franz Josef Strauß, CSU, Ministerpräsident von Bayern, über den designierten SPD-Kanzlerkandidaten Rau, (1985).

Etappenkanzlerkandidat.

Wolfgang Bötsch, Parlamentarischer Geschäftsführer der CSU-Landesgruppe im Bundestag, (1986).

Ich bin überzeugt davon, daß Herr Rau seine Popularität vor allem dem Umstand verdankt, daß er sich bisher zur Politik nicht geäußert hat.

Kurt Biedenkopf, CDU-Vorsitzender in Nordrhein-Westfalen, (1986).

Was wird Chefkoch Rau aus dieser Roten Grütze machen?

Otto Graf Lambsdorff, FDP, über den SPD-Wirtschaftskongreß, (1986).

Außenpolitischer Träumer und militärischer Dilettant.

Volker Rühe, stellvertretender CDU/CSU-Fraktionsvorsitzender, (1986).

Johannes der Täuscher.

Franz Josef Strauß, CSU, (1986).

Der ist so ungeschickt, daß er sich noch mal die Finger im Hosensack bricht.

Heiner Geißler, CDU-Generalsekretär, (1986).

Was ist nun dieser Johannes Rau? Ist er Herausforderer oder Schmusedecke? Ist er Kanzlerkandidat oder ist er das Knuffeltier der Nation?

Heiner Geißler, CDU, (1986).

Ich kenne Johannes Rau seit 25 Jahren. Er ist ein angenehmer Mensch, sympathisch, freundlich, liebenswürdig – und vollständig ungeeignet, Bundeskanzler zu werden.

Otto Graf Lambsdorff, FDP, (1986).

Barmer Ersatzkanzler.

Franz Josef Strauß, CSU, (1986).

Allmählich wird er unser Lustgegner.

Theo Waigel, CSU, (1986).

Wenn er 42 Prozent macht, mache ich 42 Liegestütze.

Helmut Schmidt, SPD, (1986).

Rau ist das Pfund, mit dem wir wuchern werden.

Willy Brandt, SPD-Vorsitzender, (1986).

Möglicherweise ist Rau schöner als Kohl. Ob er aber schöner ist als ich, wage ich zu bezweifeln.

Heiner Geißler, CDU-Generalsekretär, (1987).

Johannes Rau könnte als Conférencier überall einen prächtig bezahlten Job finden.

Otto Graf Lambsdorff, FDP, (1987).

Rau verdiente sich einen Oskar.

Ernst Waltemathe, SPD, (1987).

Erst steckt er unser Haus in Bonn an, dann will er uns Regenmäntel schicken.

Norbert Blüm, CDU, Bundesarbeitsminister, (1987).

Johannes Rau hält Parteibuchwirtschaft schon für Wirtschaftspolitik.

Christa Thoben, stellvertretende Vorsitzende der CDU in Nordrhein-Westfalen, (1988).

Rau ist das personifizierte Unentschieden.

Norbert Blüm, CDU-Vorsitzender von Nordrhein-Westfalen, (1989).

Johannes Rau als Ministerpräsident und Norbert Blüm als Oppositionsführer – Nordrhein-Westfalen ist unschlagbar.

Franz Müntefering, SPD, (1989).

Johannes Rau hat sich einmal als unregelmäßiges Verbum in der Politik bezeichnet. Aber unregelmäßige Verben prägen sich stärker ein.

Hans-Jochen Vogel, SPD, (1991).

Du mußt Bundespräsident werden, und du wirst es werden.

Hans-Ulrich Klose, SPD-Fraktionsvorsitzender, (1993).

Wer glaubt, daß dieser Regierungschef noch regiert, der kann auch glauben, daß ein Zitronenfalter Zitronen faltet.

Jürgen W. Möllemann, FDP-Chef in Nordrhein-Westfalen, (1996).

Ich bin kein Miesmacher, ich bin nicht der Bundesbedenkenträger.

Über sich selbst, (1986).

Ich bin bedrückend rüstig.

Über sich selbst, (1990).

Wilhelm Rawe

Sie sind doch keine Maus, sondern eine Ratte!

Herbert Wehner, SPD, auf die Bemerkung des CDU-Abgeordneten Wilhelm Rawe: »Da beißt die Maus keinen Faden von ab«, (1976).

Gerhard Reddemann

Lassen Sie sich doch von diesem Lümmel nicht aus der Ruhe bringen!

Herbert Wehner, SPD, zu Bundeskanzler Willy Brandt, SPD, über den CDU-Abgeordneten Gerhard Reddemann, (1973).

Max Reimann

Halt den Mund, Moskauer Lautsprecher!

Franz Josef Strauß, CSU, zu dem KPD-Abgeordneten Max Reimann, (1952).

Annemarie Renger

Die Annemarie Renger verwechselt sich zwar mit der Shirley Williams. Doch da irrt sie sich. Die Shirley Williams ist eine sympathische, liberale Frau.

Willy Brandt, SPD-Vorsitzender, über die Bundestagsvizepräsidentin, SPD, (1982).

Heinz Renner

Der hat nicht alle Tassen im Schrank.

Franz Josef Strauß, CSU, über den KPD-Abgeordneten Heinz Renner, (1951).

General Renner.

Zuruf eines Abgeordneten zu der Bemerkung des KPD-Abgeordneten Heinz Renner, er möchte den Satz: »Es kreißen die Berge und sie gebären eine Maus« als Generalnenner über das Ergebnis der Arbeit des Untersuchungsausschusses stellen, (1951).

Ich bin Bauernjunge, und als Bauernjunge habe ich eines gelernt – ja, das hängt mit Misthaufen zusammen –, daß man nämlich gegen gewisse derartige Haufen, je nach ihrer Größe, nicht anstinken kann. Da ich zudem auch nur eine Lunge habe, kann ich Ihr gewolltes Getöse nicht überschreien.

Über sich selbst, (1953).

Bernd Reuter

Der spinnt.

Peter Struck, Parlamentarischer Geschäftsführer der SPD-Bundestagsfraktion, über den SPD-Kollegen, (1993).

Günter Rexrodt

Hoffentlich kommt nach Bangemann, Haussmann, und Möllemann jetzt nicht ein Flachmann in die Regierung.

Heiner Geißler, stellvertretender CDU/CSU-Fraktionsvorsitzender, (1993).

Der Übergang von Möllemann zu Rexrodt ist bedauerlicherweise nahtloser erfolgt, als das mancher erhofft hatte.

Rudolf Dreßler, SPD, (1993).

Bundeswirtschaftsminister Rexrodt entpuppt sich immer deutlicher als verlängerter Lambsdorff. Er benutzt die schwerste Rezession der Nachkriegszeit, um im Sozialbereich »tabula rasa« zu machen.

Uwe Jens, SPD-Wirtschaftssprecher, (1993).

Herr Rexrodt soll die Finger von den Renten lassen, sonst ist er schneller Rentner, als er denkt.

Jürgen Rüttgers, Parlamentarischer Geschäftsführer der CDU/CSU-Bundestagsfraktion, (1993).

Herr Rexrodt verwechselt etwas: Er soll in die Fußstapfen von Ludwig Erhard treten und nicht in die von Jürgen Möllemann.

Michael Glos, CSU-Landesgruppenchef im Bundestag, (1993).

Herr Rexrodt stellt sich an wie einer, der mit der Axt eine Schweizer Uhr reparieren will.

Rudolf Scharping, SPD-Chef, (1993).

Meine Damen und Herren Fotografen, knipsen Sie nicht nur mich, sondern auch so gutaussehende Herren wie die Minister Rexrodt und Rühe.

Helmut Kohl, CDU, Bundeskanzler, (1994).

Beim Mittelstand ist Rexrodt so unbeliebt wie grüne Seife.

Joachim Schulz-Tornau, FDP-Vorsitzender in Nordrhein-Westfalen, (1994).

Herr Rüttgers, beißen Sie doch einmal Herrn Rexrodt. Der kann durch Narben nur farbiger werden.

Peter Glotz, SPD, (1995).

Rexrodt hat nicht mehr alle Tassen im Schrank.

Heiner Geißler, CDU, Vize-Fraktionschef von CDU/CSU, über Äußerungen des Bundeswirtschaftsministers, es sei noch zu schwierig, Arbeitnehmer zu entlassen, (1997).

Der einzige Arbeitslose, den diese Republik nötig hat.

Joschka Fischer, Fraktionschef von Bündnis 90/Die Grünen, (1997).

Anerkannt unfähige Besetzung eines Ministerpostens.

Rudolf Scharping, SPD-Fraktionschef, über den Bundeswirtschaftsminister, FDP, (1997).

Unser Wirtschaftsminister ist nicht wahrnehmbar – es sei denn, er eröffnet gerade eine Messe.

Wendelin Wedeking, Vorstandschef von Porsche, (1997).

Sein Problem ist: Er macht eigentlich nichts falsch, aber er kommt nicht rüber.

Jürgen W. Möllemann, nordrhein-westfälischer FDP-Landesvorsitzender, (1997).

Wie soll einer wie Rexrodt nach vorne auf die Leute zugehen, wenn er sich immer umschauen muß, ob ihm nicht jemand in die Kniekehlen tritt.

Otto Graf Lambsdorff, FDP-Ehrenvorsitzender, (1997).

Ich habe eine Dummheit gemacht. Es war nicht so gemeint.

Zu seiner Äußerung, der Bundeskanzler habe seine Nominierung »zur Kenntnis zu nehmen und zu bestätigen«, (1993).

Erich Riedl

Sie verwechseln wohl den Bundestag mit der Oktoberwiesen, Sie Flaschenkopf.

Herbert Wehner, SPD, zu dem CSU-Abgeordneten Erich Riedl, (1981).

Herr Kollege Riedl, bei Ihrer Rede habe ich streckenweise um Ihren Kreislauf gefürchtet.

Hubert Kleinert, Die Grünen, (1985).

Sie sind ja persönlich ein ganz anständiger Mensch. Aber Sie haben den Begriff der Suppe hier eingeführt. Deshalb sage ich: Die Rede, die Sie gehalten haben, war die Rede eines geistigen Suppenkaspers, Herr Kollege Dr. Riedl!

Hubert Kleinert, Die Grünen, (1985).

Meine Rede ist interessanter, als Sie annahmen.

Über sich selbst, (1988).

Heinz Riesenhuber

Ich habe den Eindruck, Herr Kollege Riesenhuber, Sie haben heute Ihre Debattenstrategie so angelegt, daß Sie versucht haben, einen erfolgreichen Wildwestfilm zu kopieren. Sie haben sozusagen als eine Art rhetorischer John Wayne mit einem Feuerwerk von Platzpatronen den großen shoot out in der main street versucht, indem Sie sich bemüht haben, ein Gesamtkonzept aufzustellen – dem wir aber in vielen Teilen durchaus zustimmen können.

Ulrich Steger, SPD, (1981).

Riesenhuber redet sich um Kopf und Fliege.

Josef Vosen, SPD, über den Bundesforschungsminister, CDU, (1989).

Heinrich Georg Ritzel

Jawohl, aber wir sind klug geworden. Nur Sie sind es noch nicht, und es hat den Anschein, Herr Ritzel, als ob es noch längerer Zeit bedürfen wird, ehe Sie klug werden.

Albert Walter, DP, auf die Bemerkung des SPD-Abgeordneten Ritzels, Walter könne die »Internationale« noch singen aus der guten alten Zeit, (1952).

Dietrich-Wilhelm Rollmann

Sie sind ein Verleumder! Das ist unwahr, was Sie sich da leisten! Sie Lümmel!

Willy Könen, SPD, zu dem Abgeordneten der CDU, Dietrich-Wilhelm Rollmann, (1961).

Walter Romberg

Ich bin weiter Finanzminister der DDR, in Klammern SPD.

Der von Lothar de Maizière abberufene Minister Walter Romberg über sich selbst, (1990).

Manfred Rommel

Damit später ein Mann wie Manfred Rommel sich gegen einen Mann wie Späth durchsetzen kann, muß ein Mann wie Strauß verlieren.

Helmut Schmidt, SPD, Bundeskanzler, (1980).

Ich habe mir extra einen guten Anzug angezogen und ein neues Hemd gekauft für 32 Mark 80. Daraus können Sie auf die Ernsthaftigkeit meiner Absicht schließen.

Über die Kandidatur des CDU-Politikers für das Ministerpräsidentenamt in Stuttgart, (1978).

Ich habe immer dazu geneigt, mich für unentbehrlich zu halten.

Über seinen Abschied vom Amt des Oberbürgermeisters von Stuttgart, (1996).

Hannelore Rönsch

Ein armer Hund ist ein Kanzler, der mit Ministern und Ministerinnen wie Frau Rönsch regieren muß.

Hans Büttner, SPD, über die Familienministerin, CDU, (1993).

Klaus Rose

Ich darf mich persönlich bei meinem Stellvertreter Klaus Rose dafür bedanken, daß er bei der schwierigen und zeitraubenden Arbeit geholfen hat, das dem Vorsitzenden zustehende Arbeitspensum mit zu bewältigen. Lieber Klaus Rose, ich sage einmal: Das ist eine gute Vorbereitung. Wenn ihr ab 1994 in die Opposition geht, dann kannst du reibungslos meinen Posten übernehmen.

Rudi Walther, SPD, über den CSU-Politiker, (1991).

Petra Roth

Frau Roth ist eine nette Frau – und sie muß nett bekämpft werden.

Daniel Cohn-Bendit, grüner Politiker und Dezernent für Multikulturelle Angelegenheiten in Frankfurt, über die Oberbürgermeister-Kandidatin der CDU, (1995).

Wolfgang Roth

Sie haben mich auch nicht mehr – wie vor 1976 – als den Oberarzt dieser Zahnärztepartei bezeichnet, und ich habe Ihnen Ihre Juso-Vergangenheit auch verziehen.

Otto Graf Lambsdorff, FDP, zur Abschiedsrede des SPD-Abgeordneten Wolfgang Roth, (1993).

Herr Kollege »Kassandra Roth«.

Kurt Faltlhauser, CSU, (1993).

Heinz Rother

Sie wissen nicht, wie ich zu Hause rede.

Der CDU-Abgeordnete Heinz Rother über sich selbst, (1992).

Volker Rühe

Rotzjunge!

Hermann Scheer, SPD, (1983).

Kohls neuer Wadenbeißer.

Horst Ehmke, stellvertretender SPD-Fraktionsvorsitzender, (1989).

Das ist der parlamentarische Cheflügner der CDU.

Ottmar Schreiner, SPD, (1990).

So wie es jetzt geht, geht es mit Rühe nicht weiter.

Günther Krause, CDU, Bundesverkehrsminister, (1991).

Es gab keine mit mir abgesprochene Kritik. Volker Rühe ist zwar mein Freund, aber ich bin nicht sein Vormund.

Helmut Kohl, CDU, Bundeskanzler, über die Kritik des CDU-Generalsekretärs Volker Rühe an der Ost-CDU, (1991).

Wer Rühe kennt, lernt Stoltenberg schätzen.

Jürgen Koppelin, FDP-Verteidigungsexperte, (1994).

Selbstverständlich würde ich mit Herrn Rühe in Urlaub fahren. Aber ohne Bewaffnung.

Theo Waigel, CSU, Bundesfinanzminister, über den Bundesverteidigungsminister, CDU, (1996).

Für diesen Schwachsinn hat Rühe den Orden für den tierischen Ernst verdient.

Johannes Gerster, CDU-Fraktionsvorsitzender im Landtag von Rheinland-Pfalz, (1997).

Jürgen Rüttgers

Das ist ein Hanswurst.

Ottmar Schreiner, SPD, über den Parlamentarischen Geschäftsführer der CDU/CSU-Fraktion, (1992).

Märchenerzähler.

Hans Büttner, SPD, (1992).

Anton Sabel

Herr Sabel, ich habe eine Bitte an Sie. Sie haben sich bei allen meinen Ausführungen zur zweiten Beratung so verhalten, wie es sich unter Abgeordneten dieses Hauses nicht gehört, um keinen schlimmeren Ausdruck zu gebrauchen. Wenn wir draußen in der Öffentlichkeit wären, würde ich sagen: Flegelhaft haben Sie sich betragen.

Paul Harig, KPD, zu dem CDU-Abgeordneten Anton Sabel, (1952).

Friedrich Schäfer

Rainer Barzel, CDU: Herr Präsident! Meine Damen und Herren! Auf die Rede des Kollegen Schäfer hat der Bundeskanzler [Willy Brandt, Anm. d. Hrsg.] wohl die richtige Antwort gegeben, indem er den Saal verlassen hat. Es war ihm offenbar peinlich, Ihnen zuzuhören, Herr Schäfer. Herr Kollege Schäfer, dies ist –
Friedrich Schäfer, SPD: Sie sind ein Flegel!

Rainer Barzel, CDU: Rufen Sie es ruhig noch ein paarmal, Herr Kollege Schäfer; hier benimmt sich jeder so, wie er will, Herr Professor Schäfer.

Aus einer Debatte des Deutschen Bundestages vom 12. Februar 1971.

Fritz Schäffer

Ich glaube, daß diese Verteidigung des Herrn Finanzministers Schäffer vollständig unfair und unrichtig ist. Das sind Methoden, die sich irgendein politischer Gangster erlauben kann, aber nicht ein Volksvertreter.

Hans Tichi, BHE, über den CSU-Politiker, (1950).

Wenn ich der Meinung wäre, der Ausdruck Lügenbold sei parlamentarisch üblich, würde ich den Herrn Finanzminister als einen solchen bezeichnen.

Günter Goetzendorff, DRP-Gast, (1950).

Der erste Bundesfinanzminister, Fritz Schäffer, hat den Bundeskanzler systematisch angelogen. Ich bin immer am überlegen, ob das richtig war.

Theo Waigel, CSU, Bundesfinanzminister, über die Notwendigkeit, den Kassenstand vor allem dann geheimzuhalten, wenn dieser erfreulich ist, (1990).

Hugo Scharnberg

Ach, Herr Scharnberg, Sie haben keinen Anlaß zu diesen Gesten, einer der Totengräber der deutschen Demokratie.

Thomas Dehler, FDP, (1956).

Rudolf Scharping

Mit seiner Strategie, es allen recht machen zu wollen, wird Scharping in der eigenen Partei Schiffbruch erleiden.

Theo Waigel, CSU-Vorsitzender, über den SPD-Chef, (1993).

Der Rheinländer beschreibt diesen Zustand so: Wer ist Scharping? Buchping, Kopping, Scharping – Bauchschmerzen, Kopfschmerzen, Scharping. Ping, das rheinische Wort für Schmerz, wird bereits von vielen empfunden.

Rudolf Wickel, Finanzexperte der nordrhein-westfälischen FDP, (1993).

Da hilft es auch nichts, wenn Herr Scharping in Sachen innere Sicherheit als aufgeregtes Känguruh durch das Sommerloch hüpft – mit großen Sprüchen und leerem Beutel.

Johannes Gerster, stellvertretender CDU/CSU-Fraktionschef, (1993).

Ich habe Rudolf Scharping versichert, daß ich sehr vorsichtig sein werde, wenn ich meine persönlichen Aufzeichnungen über ihn meiner Frau Christa übergeben werde.

Oskar Lafontaine, stellvertretender SPD-Vorsitzender, auf Fragen nach der Veröffentlichung von persönlichen Aufzeichnungen Willy Brandts durch dessen Witwe, (1994).

Wie will ein Mann, der den Unterschied zwischen brutto und netto nicht kennt, unser Land in eine gute Zukunft führen?

Volker Kauder, CDU, (1994).

Herr Scharping ist der Kandidat zwischen Wischi und Waschi.

Heiner Geißler, stellvertretender CDU/CSU-Fraktionschef, (1994).

Der Mann hat Alpträume. Er hört nachts Stimmen, aber es sind zu wenige.

Otto Graf Lambsdorff, FDP-Ehrenvorsitzender, (1994).

Dann bitte ich Außenminister Rudolf Scharping, mich zum Botschafter beim Heiligen Stuhl zu machen.

Joschka Fischer, Die Grünen, für den Fall, daß es in Bonn für eine rot-grüne Regierung nicht reicht, es statt dessen zu einer Großen Koalition kommt, (1994).

Die Berühmtheit manches Zeitgenossen ist unmittelbar mit der Dummheit seiner Bewunderer verbunden.

Heiner Geißler, CDU, (1994).

Herr Scharping muß lernen. Die Staatsbühne in Bonn ist eben nicht das Landestheater in Mainz.

Otto Graf Lambsdorff, FDP-Ehrenvorsitzender, (1994).

Wir brauchen Mut zu Rudolf Scharping.

Hans Eichel, SPD, Ministerpräsident Hessens, (1994).

Er setzt gnadenlos auf die Mitte.

Wolfgang Schäuble, CDU/CSU-Fraktionschef, (1994).

Er macht weiter, wo Helmut Schmidt aufgehört hat – zurück in die 70er Jahre.

Ludger Volmer, Vorstandssprecher der Grünen, (1994).

Scharping macht die bittere Erfahrung: Wer in der SPD die Macht durch drei teilt, wird anschließend gevierteilt.

Guido Westerwelle, FDP-Generalsekretär, (1995).

Jeder blamiert sich so gut, wie er kann.

Jürgen Trittin, Vorstandssprecher von Bündnis 90/Die Grünen, (1995).

Meine Frau würde sich scheiden lassen, wenn ich so würde, wie der mich haben will.

Gerhard Schröder, SPD, niedersächsischer Ministerpräsident, (1995).

Man kann nicht Herrn Scharping als Kronzeugen für den Flop Mitgliederbefragung heranziehen.

Peter Hintze, CDU-Generalsekretär, zur Tauglichkeit des auch von seiner Partei angestrebten Instruments Mitgliederbefragung, (1995).

Scharping ist doch mittlerweile an allem schuld, und sei es, daß ein mexikanisches Erdbeben stattfindet.

Rudolf Dreßler, stellvertretender SPD-Fraktionsvorsitzender, zur Kritik an Partei- und Fraktionschef Scharping, (1995).

Und wenn Herr Scharping jetzt versucht, seiner altmodischen SPD ein modernes Image im Mittelstand zu verpassen, dann ist das ungefähr so, als wenn der Bauer seinen Hühnern die Füße platt klopft, um sie anschließend als Enten zu verkaufen.

Guido Westerwelle, FDP-Generalsekretär, (1995).

Scharping und Schröder benehmen sich wie kleine Jungs, die im Sandkasten mit ihren Förmchen spielen. Irgendwann hauen die sich dann immer die Eimer um die Ohren.

Heide Simonis, SPD, Ministerpräsidentin von Schleswig-Holstein, (1995).

Leichter kommt ein Kamel durch ein Nadelöhr als eine konkrete Aussage aus Scharpings Mund. Seine laufenden Kurswechsel sind bunt wie ein Fernsehtestbild, aber auch so langweilig.

Theo Waigel, CSU-Chef, (1995).

Ich würde lieber Herrn Scharping einen Gebrauchtwagen abkaufen als Herrn Schröder.

Otto Graf Lambsdorff, FDP-Ehrenvorsitzender, (1995).

Der, der mich vor den letzten Wahlen in den Umfragen haushoch geschlagen hat, ist jetzt Kommentator bei der Tour de France.

Helmut Kohl, CDU, Bundeskanzler, (1997).

Manche sagen, der Rudolf Scharping ist so nüchtern. Ich könnte hinzufügen, das stimmt nicht jeden Abend.

Über sich selbst, (1993).

Ich will letzter Kandidat und erster SPD-Kanzler sein.

Über sich selbst, (1995).

Jedenfalls muß ich nicht alles tun, was ich kann.

Über sich selbst, (1996).

Wolfgang Schäuble

Der Schäuble ist doch einer der wenigen aufgeräumten Köpfe in dem pfälzischen Tohuwabohu. Er war mein Lehrmeister.

Joschka Fischer, Die Grünen, über den Kanzleramtsminister, CDU, (1985).

Es ist nicht Sache der SPD, Bundesinnenjustizgesundheitsfinanzminister Schäuble auf dem Weg zum Oberbundeskanzler zu stoppen.

Rudolf Dreßler, SPD, (1993).

... so ein arroganter Pinsel.

Ingrid Matthäus-Maier, SPD, über den CDU/CSU-Fraktionsvorsitzenden, (1993).

Krokodil – Dein Name sei Wolfgang.

Joschka Fischer, Grünen-Fraktionssprecher, über die Krokodilstränen Wolfgang Schäubles in dessen Ausführungen über die politische Kultur in Zusammenhang mit der Führungskrise in der SPD, (1995).

Ich weiß inzwischen, daß ich im Grunde jedes Amt machen kann.

Über sich selbst, (1997).

Natürlich weiß der Fraktionsvorsitzende der CDU/CSU, daß die Frage der Nachfolge von Helmut Kohl sich irgendwann stellen wird. Obwohl ich einmal den Vorschlag gemacht habe, wir ernennen ihn zum Kanzler auf Lebenszeit und erklären ihn für unsterblich.

Über sich selbst, (1997).

Walter Scheel

Der Erz-Liberale.

Norbert Schäfer, Pressesprecher der Bonner CSU-Landesgruppe, über Bundespräsident Scheel, FDP, der während seines Staatsbesuches in Australien privates Interesse an Erz-Minen gezeigt hatte, (1978).

Ich werde Scheel wählen, wenn er kandidiert. Ich bin in dieser Frage nicht kalkarisierbar.

Hans Evers, CDU, (1979).

Es ist ein echter Jammer, daß uns Scheel durch seine Bundespräsidentschaft verloren gegangen ist.

Hildegard Hamm-Brücher, FDP, Staatsministerin im Auswärtigen Amt, (1980).

Karl Schiller

Bundesminister für Vetternwirtschaft.

Göke D. Frerichs, CDU, über den früheren SPD Wirtschafts-(»Super«)minister, (1972).

Karl Schiller war ein Neoliberaler mit sozialen Gefühlswallungen. Als solchen habe ich ihn geschätzt.

Heinz Kluncker, ÖTV-Chef, (1980).

Otto Schily

Ich kann Ihre Zwischenrufe gar nicht verstehen, aber ich vermute, daß sie sehr töricht sind, wenn ich ihren Gesichtsausdruck verfolge.

Gerhard Stoltenberg, CDU, Bundesfinanzminister, (1983).

Mini-Goebbels!

Dietmar Kansy, CDU, (1983).

Terroristenanwalt.

Dorothee Wilms, CDU, Bundesbildungsministerin, (1986).

Herr Schily ist ein politischer Denunziant. Ich muß das leider sagen; und jeder Bürger kennt ja das Sprichwort: »Der größte Lump im ganzen Land, das ist und bleibt der Denunziant«.

Heiner Geißler, CDU, (1986).

Herr Schily will kein Unrecht aufdecken. Er will mich diffamieren, mich unter der Gürtellinie treffen. Das ist eine böse Kampagne, die mich politisch fertigmachen soll.

Helmut Kohl, CDU, Bundeskanzler, (1986).

Schily macht das Schmutzgeschäft und stellt die Strafanzeige, um sich die Fahrkarte für die SPD, die bedenkenlos Flick-Gelder kassierte, zu erwerben.

Friedrich Bohl, CDU, (1986).

Viele Grüne weinen Schily keine Träne nach.

Verena Krieger, fundamentalistische Vorstandssprecherin der Grünen, über den ehemaligen Parteifreund, (1989).

Hanns-Martin Schleyer

Wir stehen zu Hanns-Martin Schleyer, auch wenn er Unternehmer ist.

Bernhard Vogel, CDU, Ministerpräsident von Rheinland-Pfalz, (1977).

Hanns-Martin Schleyer ist nicht am deutschen Föderalismus, sondern an der Unfähigkeit der Zentralisten gestorben.

Heinz Schwarz, CDU, über den ermordeten Arbeitgeberpräsidenten, (1978).

Carlo Schmid

Ich werde mich nie aufregen, wenn jemand zu mir sagt, daß ich klein bin; und wenn ich umgekehrt sage, Herr Professor Carlo Schmid: Sie haben eine Leibesfülle, so ist das doch aus dem Zusammenhang herausgerissen, aber keine persönliche Beleidigung Ihnen gegenüber. Ich bedaure nur, daß Sie, den ich so schätze, so kleinlich sein können, auf derartige Dinge einzugehen. Das bedaure ich sehr.

Franz Ott, parteilos, (1950).

Wenn Herr Professor Schmid gesagt hat, daß man der israelischen Regierung das Geld nach Tel Aviv oder Jerusalem hinterherschicken soll, dann möchte ich betont haben: Er würde das Geld einer Macht nachschicken, die selbst erklärt hat, mit uns im Kriegszustand zu stehen, also einer Macht, die uns doch anscheinend noch nach 1945 irgendwie den Krieg erklärt haben muß. Das würde bedeuten, daß er dann mit dem Feind zusammenarbeitet und ein Kollaborateur ist, der nach der Sprachregelung unserer alliierten Befreier doch irgendeine Strafe finden muß, die Sie sehr gut kennen, die Sie doch bejaht haben und die er dann ja auch verdienen würde.

Franz Richter (alias Fritz Rössler), fraktionslos, über den Vorsitzenden des Ausschusses für Auswärtige Angelegenheiten, SPD, (1951).

Helmut Schmidt

Billiger Jakob!

Gerhard Wacher, CSU, (1958).

Schmidt-Schnauze!

Verschiedene Abgeordnete, (seit 1965).

Herr Präsident! Meine Damen und Herren! Herr Kollege Schmidt, der zweite Teil Ihrer Rede war wesentlich sachlicher als der erste, war wesentlich sachlicher als Ihr unmutiger Ausruf von heute früh während der Vormittagsdebatte: »Kommen Sie endlich zur Sache, verdammt noch mal!« und war wesentlich sachlicher als die beleidigende Bemerkung, die Ihnen heute vormittag einen Ordnungsruf eingetragen hat. Wir glaubten alle in diesem Hohen Hause, daß Sie Ihren populären Spitznamen allmählich loswerden wollten. Aber wir sehen heute, das Gegenteil ist der Fall.

Friedrich Zimmermann, CSU, (1966).

Nun, Sie haben ja begonnen, mit Hilfe publizistischer Büchsenspanner ein neues Image aufzubauen – ich sage es humorvoll, nicht gehässig –, so ein Image zwischen Napoleon und Kissinger, andere würden sagen: zwischen Blücher und Bismarck. Offensichtlich besteht bei Ihnen und den Ihren ein Bedürfnis, nach der mehr seelentröstenden Heilsfigur Ihres Vorgängers, des letzten Kanzlers, nun einen irdischen Helden mit pragmatischem Western-Look aufzubauen.

Franz Josef Strauß, CSU, (1974).

Ein übler Demagoge sind Sie, Herr Bundeskanzler! Das ist eine Unverfrorenheit der CDU gegenüber! Goebbels ist das! (...) Sie Verleumder! Sie sind ein übler Verleumder, Herr Bundeskanzler! Goebbels sind Sie, ein übler Verleumder!

Philipp Jenninger, CDU, (1974).

Ich habe zwar über den Herrn Bundeskanzler gelesen, daß er gerne Kant liest, aber ich habe den Eindruck, daß der Inhalt der Bücher, auf deren Umschlag »Kant« steht, von Wilhelm II. stammen könnte und daß sich der Bundeskanzler gern in der Rolle Friedrichs des Großen, aber in der Ausgabe von Otto Gebühr, betätigt.

Franz Josef Strauß, CSU, über den Bundeskanzler, SPD, (1976).

Der Kanzler möchte am liebsten die gesamte Bundesrepublik wie bei der Hamburger Flutkatastrophe regieren.

Roman Herzog, CDU, rheinland-pfälzischer Staatssekretär, (1977).

Die Person Helmut Schmidt ist ein Täuschungsfaktor.

Franz Josef Strauß, CSU-Vorsitzender, (1977).

Oder ist bei Ihnen schon eine Seelenwanderung eingetreten? Haben Sie da Bewußtseinsorgane verpflanzt? Hat bei Ihnen ein psychologischer Barnard gewirkt, der Teile Ihrer Verstandesmaschine ausgewechselt hat?

Franz Josef Strauß, CSU, (1977).

Aber wir erleben doch, daß der Bundeskanzler nicht Stellung bezieht. Er ist U-Boot-Fahrer geworden; vielleicht deshalb die Mütze.

Franz Josef Strauß, CSU, (1977).

Schmidt zeigt weniger Charakter als vielmehr eine Darstellung desselben. Und auch damit geht es bergab.

Friedrich Zimmermann, CSU-Landesgruppenchef, (1978).

Der Nimbus des großen Machers und Allesbezwingers ist nun endgültig zerstört.

Franz Josef Strauß, CSU-Vorsitzender, (1978).

Kein Schaffer, sondern ein Geschaffter.

Franz Josef Strauß, CSU-Vorsitzender, (1978).

Es stünde besser um Deutschlands Wirtschaft, wenn Helmut Schmidt wenigstens einmal in seinem Leben Kekse verkauft hätte.

Ernst Albrecht, CDU, Ministerpräsident von Niedersachsen, früher Direktor der Keksfabrik Bahlsen, (1978).

Die CDU-Führung in Bonn hat diesen Sommer restlos verschlafen. Deshalb konnte Bundeskanzler Schmidt über Wochen als Alleinunterhalter der Nation auftreten.

Jürgen Todenhöfer, CDU, (1978).

Schmidt braucht nicht in den Wahlkampf zieh'n
Strauß macht den Kohl alleine hin.

Manfred Rommel, CDU, Oberbürgermeister von Stuttgart, (1979).

Helmut Schmidt würde auch ein guter Unternehmer werden. Dann würde er genauso über seine Mitunternehmer meckern wie jetzt über seine Mitpolitiker.

Hans Matthöfer, SPD, Bundesfinanzminister, (1979).

Wann wird endlich deutlich, daß sich hinter dem angeblichen Macher Helmut Schmidt, der eine Helden-Attrappe hat, ein politischer Zwerg verbirgt?

Franz Josef Strauß, CSU, bayerischer Ministerpräsident, (1979).

Der Bundeskanzler wird nicht durch jeden Reifen springen, den ihm Herr Albrecht hinhält. Es sollte bei dem Freundschaftsbeweis des Herrn Albrecht für seinen Parteifreund Stoltenberg bleiben.

Klaus Bölling, SPD, Regierungssprecher, (1979).

Der Heldenmaskenträger mit Zwergenfigur ist jeder Zoll wie Napoleon vor Austerlitz über den Atlantik geflogen. Jeder Zentimeter wie Napoleon nach Waterloo ist er zurückgekommen.

Franz Josef Strauß, CSU, bayerischer Ministerpräsident, (1979).

Helmut Schmidt und ich kennen uns sehr gut. Wenn er mich anredet »alter Gauner« und ich sage »alter Lump«, so ist das durchaus eine von gegenseitiger Wertschätzung und realistischer Kennzeichnung getragene Formulierung.

Franz Josef Strauß, CSU, (1979).

Schmidt ist ein Heldenmaskenträger, und wenn der Wind weht, kann er kaum die Stange halten, an der die Maske befestigt ist.

Franz Josef Strauß, CSU, (1979),

Helmut Schmidt stellt keine Versuchung für uns dar. Er ist der Konzernchef der Firma Machterhalt & Co. Willy Brandt hat sich inzwischen mit der Rolle des Frühstücksdirektors beschieden. Und Herbert Wehner ist für den Werkschutz tätig.

Norbert Blüm, Vorsitzender der CDU-Sozialausschüsse, (1979).

Der Kanzler ist ein in der Wolle gefärbter Sozi.

Franz Josef Strauß, CSU, (1979).

Schmidt ist ein Politchamäleon. Und deshalb kann er linke und rechte Positionen beziehen. Seine Wertorientierung ist nicht festzustellen.

Franz Josef Strauß, CSU, (1979).

Wenn Schmidt Mitglied der Union wäre, dann würde er dort zum beachtlichen Durchschnitt gehören.

Franz Josef Strauß, CSU, (1979).

Wenn Konrad Adenauer sich so verhalten hätte wie heute Helmut Schmidt, dann wären wir wahrscheinlich schon im sowjetischen Imperium.

Alfred Dregger, CDU, (1979).

Der Unterschied zu Helmut Schmidt ist, daß ich immer exakt richtig liege und er immer exakt falsch.

Franz Josef Strauß, CSU, (1980).

Daß Helmut Schmidt rasch wieder ganz gesund wird, ist für die Bundesrepublik Deutschland, und, ich sage es ohne Pathos, für diese Welt jetzt noch wichtiger als der Wahlkampf in Baden-Württemberg.

Erhard Eppler, SPD-Vorsitzender in Baden-Württemberg, (1980).

Ein Berg kreißte und hat ein Mäuslein geboren, und wir sollen dafür noch Alimente bezahlen.

Franz Josef Strauß, CSU, zum Krisenmanagement des Bundeskanzlers, (1980).

Helmut Schmidt ist auch der Bundeskanzler von Franz Josef Strauß.

Egon Bahr, SPD-Bundesgeschäftsführer, (1980).

In der Politik unterscheiden sich Brandt und Schmidt heute durch nichts mehr. Der eine sagt das, was der andere, weil er noch Bundeskanzler ist, nicht sagen darf.

Franz Josef Strauß, CSU, (1980).

Jeden Tag, wenn Helmut Schmidt die Bettdecke über die Ohren zieht, hat er 120 Millionen Mark Schulden gemacht.

Edmund Stoiber, CSU-Generalsekretär, (1980).

Er ist weder Macher noch Manager, er ist Schwimmer und Schweber. Er ist weder Stratege noch Friedensstifter, sondern Taktiker und Anpasser. Er ist weder Held noch Supermann, sondern Heldentenor und Kneifer.

Franz Josef Strauß, CSU, (1980).

Der Bundeskanzler hat einen schweren Fehler begangen, als er im Interesse seiner Wahlkampfplanung zu einer spektakulären Aufwertung der kommunistischen Machthaber und Repräsentanten der Unterdrückung bereit war.

Gerhard Stoltenberg, stellvertretender CDU-Vorsitzender, (1980).

Dieser Mann ist reif für die Nervenheilanstalt.

Franz Josef Strauß, CSU, (1980).

Dieser leitende Angestellte der marxistischen Führungsgruppe der SPD.

Franz Josef Strauß, CSU, (1980).

Der ist vom Staatsmann zum Demagogen geworden.

Gerhard Stoltenberg, CDU, (1980).

Diese empfindliche Mimose.

Willi Weiskirch, CDU, (1980).

Dieser Mann hat nicht mehr den inneren Kompaß.

Heiner Geißler, CDU, (1980).

Schuldenkanzler.

Franz Josef Strauß, CSU, (1980).

Für wie dumm hält der eigentlich das deutsche Volk?

Helmut Kohl, CDU, (1980).

Ich kann Schmidt nur zurufen: Sage mir, wer dich unterstützt, und ich sage dir, wes Geistes Kind du bist.

Franz Josef Strauß, CSU, (1980).

Wir müssen diesen Schmidt zum Teufel jagen.

Franz Josef Strauß, CSU, (1980).

Feldwebel und Praeceptor Germaniae.

Franz Josef Strauß, CSU, (1980).

Lebendes Beispiel für obrigkeitsstaatliches Verständnis.

Gerhard Stoltenberg, CDU, (1980).

Helmut Schmidt hat die Rentner getäuscht und in die Irre geführt. Er ist, das muß man leider sagen, ein politischer Rentenbetrüger.

Heiner Geißler, CDU-Generalsekretär, (1980).

Was Sie machen, ist die infernalischste Propagandamache, die im Nachkriegsdeutschland betrieben wurde.

Helmut Kohl, CDU, (1980).

Ist Helmut Schmidt schon bei uns eingetreten?

Jürgen W. Möllemann, FDP, (1980).

Der Kanzler ist kein Seelchen. Rauhe Winde beleben ihn. Da greift er erst recht fest ins Ruder. Jeder täuscht sich, der meint, der Kanzler werde irgendwann knieweich.

Klaus Bölling, SPD, Regierungssprecher, (1980).

Schmidt ist der bessere Schauspieler, ich bin der bessere Politiker.

Franz Josef Strauß, CSU, (1980).

Schmidt-Kosmos, Willy-Wolke und Herbert-Eisenfresser, das Dreigestirn der SPD.

Claus Grobecker, SPD, (1981).

Wer darauf spekuliert, daß ein Helmut Schmidt hinschmeißt, weil die Situation schwierig erscheint, der kennt ihn nicht und irrt sich, Schmidt schmeißt nicht hin.

Hans-Jochen Vogel, SPD, Regierender Bürgermeister in Berlin, (1981).

Es stimmt nicht, daß ich mit Helmut Schmidt nicht könnte! Im Gegenteil, ich kann mit Helmut Schmidt sehr gut, wir dürfen nur nicht über Politik reden.

Willy Brandt, SPD-Vorsitzender, (1981).

Im Vorfeld der Rüstungsverhandlungen sind viele Äußerungen taktisch bedingt. Der Bundeskanzler ist in einer Situation, in der er nicht alles sagen kann, was er denkt. Aber er denkt.

Egon Bahr, SPD-Bundesgeschäftsführer, (1981).

Ich habe eine Mehrheit hinter mir. Helmut Schmidt ist ein General ohne Truppen.

Helmut Kohl, CDU-Vorsitzender, (1981).

Herr Bundeskanzler, überlegen Sie einmal, ob Sie nicht dem Bild zustimmen können, das ich einmal gebraucht habe: »Eine Mütze macht noch keinen Lotsen, und ein Lotse ist noch kein Kapitän.«

Rainer Barzel, CDU, (1981).

Schmidt hätte die DDR verlassen müssen, statt mit Honecker ein gemeinsames Theater der Bestürzung zu spielen.

Franz Josef Strauß, CSU-Vorsitzender, (1981).

Kanzler der Arbeitslosigkeit.

Wolfgang Vogt, CDU, (1982).

Dieser abgetakelte Kanzler sollte jetzt endlich aufhören, Deutschland mit Drohungen regieren zu wollen.

Franz Josef Strauß, CSU, bayerischer Ministerpräsident, (1982).

Wie immer, wenn der Herr Bundeskanzler nicht mehr weiter weiß, greift er zu einem altbewährten Rezept. Er greift alle und jeden an, er zitiert falsch, er diffamiert Andersdenkende.

Helmut Kohl, CDU-Vorsitzender, (1982).

Die SPD hat in Niedersachsen, bezogen auf die Bundestagswahl, 10 Prozent der Stimmen verloren. Der Verlierer dieser Wahl heißt nicht Karl Ravens. Der Verlierer heißt Helmut Schmidt. Das muß zu Protokoll gegeben werden.

Helmut Kohl, CDU, (1982).

Helmut Schmidt marschiert weiter, bis alles in Scherben fällt, anscheinend. Er will die Konsequenzen nicht aus der Tatsache ziehen, daß jeder Tag, den er länger im Amt bleibt, ein Schaden für die Bundesrepublik ist.

Franz Josef Strauß, CSU-Vorsitzender, (1982).

Helmut Schmidt spricht weiter von Pflichtgefühl, Berechenbarkeit, Machbarkeit, Standhaftigkeit. Das sind Sekundärtugenden. Ganz präzis gesagt: Damit kann man auch ein KZ betreiben.

Oskar Lafontaine, saarländischer SPD-Vorsitzender, (1982).

Mir geht es doch nicht darum, den Schmidt in den Arsch zu treten.

Oskar Lafontaine, SPD, (1982).

Sie müssen Kanzler bleiben. Bitte!

Helgo Branan, Die Grünen, (1982).

Für mich ist's ja gar nicht mehr so schön: Der Wehner kommt nicht mehr, der Schmidt will nicht mehr, was hab' ich da noch in Bonn verloren.

Franz Josef Strauß, CSU, bayerischer Ministerpräsident, (1982).

Es ist schwer, sogar bitter für die SPD, auf Helmut Schmidt als Herausforderer Helmut Kohls verzichten zu müssen.

Egon Bahr, SPD, (1982).

Wir müssen das von Helmut Schmidt Erreichte bewahren.

Herbert Wehner, SPD-Fraktionschef, (1982).

Mich macht Schaudern, was an Schmidt gelobt wird.

Thomas Ebermann, Grün-Alternative Liste Hamburg, (1983).

Ein leitender Angestellter des Großkapitals.

Thomas Ebermann, GAL, (1983).

Ein Häuflein ausgebrannter Asche.

Franz Josef Strauß, CSU-Vorsitzender, (1983).

Ich hätte so gern Helmut Schmidt beraten, dann wär' er heut' noch Kanzler.

Franz Josef Strauß, CSU-Vorsitzender, (1984).

Früher habe ich keine drei Sätze sagen können, ohne daß Schmidt dazwischenkläffte.

Erhard Eppler, SPD, (1984).

Ein Tag ohne Ratschlag von Helmut Schmidt ist wie Ostern ohne Nikolaus.

Jürgen Rüttgers, Parlamentarischer Geschäftsführer der CDU/CSU-Bundestagsfraktion, (1993).

Nun laßt einen alten Mann nach Hause gehen.

Über sich selbst, (1982).

Sie hatten hier den Bundeskanzler eingeladen, nun müssen Sie mit einem gewissen Herrn Schmidt vorliebnehmen.

Über sich selbst, (1982).

Renate Schmidt

Sie paßt besser auf ein Bild als Hiersemann [SPD-Fraktionschef im bayerischen Landtag, Anm. d. Hrsg.] und redet langsamer als Glotz.

Theo Waigel, CSU-Chef, über die bayerische SPD-Politikerin, (1991).

Frau Schmidt hat ein paar Leute umarmt, die nicht rechtzeitig ausweichen konnten.

Michael Glos, CSU-Landesgruppenvorsitzender, (1994).

Der Herr muß mit den Sozis sein. Sonst hätte er Sie uns nicht schicken können.

Wolfgang Hoderlein, Generalsekretär der bayerischen SPD, (1997).

Ich bin ein Familientier.

Über sich selbst, (1988).

Außerhalb von Bayern bin ich Bayerin, in Bayern bin ich Fränkin.

Über sich selbst, (1994).

Edzard Schmidt-Jortzig

So offenbart sich bei dem Bundesjustizminister nicht eine köstliche List, sondern eine ganz gewöhnliche politische Charakterschwäche.

Günter Verheugen, SPD, (1996)

Herbert Schneider

Sie sind eine Wühlratte!

Richard Schröter, SPD, zu dem DP-Abgeordneten Herbert Schneider, (1954).

Ich habe Herrn Schneider einen unverschämten Lümmel genannt. Das halte ich aufrecht, solange er den Vorwurf nicht zurücknimmt.

Hans Hermsdorf, SPD, (1954).

Nein. Denn wissen Sie, Herr Abgeordneter Schneider, wie Herr Dr. Schumacher Sie stets genannt hat? Muß ich das sagen, nachdem Sie ihn hier mehrfach und unter so falschen Tönen zitiert haben? Er nannte Sie »Ehrabschneider (Bremerhaven)«!

Herbert Wehner, SPD, (1958).

Der schlimmste Lümmel in diesem hohen Hause!

Karl Mommer, SPD, (1958).

Ein ausgemachter Strolch!

Erwin Welke, SPD, (1958).

Bei dem fällt es schwer, nicht handgreiflich zu werden.

Karl Mommer, SPD, (1958).

Dieser Lump da!

Kurt Neubauer, SPD, (1958).

Wer ein Lump ist, muß sich das auch sagen lassen!

Kurt Neubauer, SPD, (1958).

Hermann Schnipkoweit

Die knorrige niedersächsische Eiche hat Sozialgeschichte geschrieben.

Achim Link, stellvertretender Landesvorsitzender der niedersächsischen CDU, zum Rückzug des früheren Landesministers Schnipkoweit, (1991).

Herbert Schnoor

Wer so versagt in der Vorbereitung der notwendigen Sicherheitsmaßnahmen, sollte seinen Hut nehmen.

Theo Waigel, CSU-Landesgruppenvorsitzender, über den nordrhein-westfälischen Innenminister, SPD, (1983).

Schnoor betreibt Datenschutz nach Gutsherrenart.

Achim Rohde, FDP-Spitzenkandidat in Nordrhein-Westfalen, (1984).

Gemessen an den polizeilichen Führungskünsten des Herrn Schnoor war der Hauptmann von Köpenick ein moderner FBI-Agent.

Heiner Geißler, CDU-Generalsekretär, (1989).

Rupert Scholz

Es ist kaum bestreitbar: Scholz ist intelligenter als Kohl und Kohl klüger als Scholz.

Egon Bahr, SPD-Präsidiumsmitglied, (1989).

Vielleicht war ich ein Minister ohne Fortune, vielleicht aber auch Opfer eines Kanzlers ohne Fortune.

Der Ex-Verteidigungsminister, CDU, über sich selbst, (1989).

Franz Schönhuber

Schönhuber vertritt weithin CSU-Positionen, gerade im Bereich der Ausländerpolitik. Der eigentliche Imitator heißt also Schönhuber.

Max Streibl, CSU, bayerischer Ministerpräsident, über den Republikaner-Chef, (1989).

Semantischer politischer Taschendieb.

Ulf Fink, Vorsitzender der CDU-Sozialausschüsse, (1989).

Den Faschisten Schönhuber nagele ich in jeder Veranstaltung immer wieder an die Wand.

Edmund Stoiber, CSU, bayerischer Ministerpräsident, (1994).

Waldemar Schreckenberger

Solange Staatssekretär Waldemar Schreckenberger Chef des Bundeskanzleramtes ist, wird man die Dinge dort auch durch einen Nebenminister nicht in den Griff bekommen.

Hans-Jochen Vogel, SPD-Fraktionsvorsitzender, (1984).

Ottmar Schreiner

Sie sind ein Schreier!

Jochen Feilcke, CDU, zu dem SPD-Abgeordneten Ottmar Schreiner, (1986).

Der Kasper sind Sie, Herr Schreiner!

Heribert Scharrenbroich, CDU, (1989).

Herr Kollege Schreiner, ich lasse eine Zwischenfrage auch dann zu, wenn sie nicht sinnvoll ist.

Alexander Warrikoff, CDU, auf die Meldung des Abgeordneten Schreiner zu einer Zwischenfrage, (1992).

Gerhard Schröder

Schröders Verhalten halte ich für töricht, um nicht zu sagen für bescheuert, dieses Rumtaktieren. Es hat etwas sehr Schlüpfriges an sich, weil man ihm eigentlich an der Nasenspitze ansieht, daß es erstunken und erlogen ist, was er da erzählt.

Joschka Fischer, Die Grünen, über den SPD-Politiker, (1986).

Schröder tickt immer auf zwei Ebenen, er ist kühler Rechner und aufgeregtes Kind zugleich.

Freimut Duve, SPD, (1986).

Gerhard Schröder wird schon noch merken, daß es bedeutend angenehmer ist, knapp zu gewinnen, als knapp zu verlieren.

Detlef Kleinert, FDP, (1986).

Ein ziemlich schlimmer Chauvi.

Ursula Pausch-Gruber, SPD, (1986).

Er kam, sah und sägte.

Otto Graf Lambsdorff, FDP-Vorsitzender, über den niedersächsischen Ministerpräsidenten, (1993).

Herr Schröder hat mir beim Hereingehen gesagt, ich solle ihn nicht so sehr loben.

Peter Gauweiler, CSU, bayerischer Umweltminister, (1993).

Gerhard Schröder ist der Richard Kimble der deutschen Politik – immer auf der Flucht vor seinen eigenen Aussagen.

Norbert Blüm, CDU, Bundesarbeitsminister, (1994).

Wären Sie doch in Oldendorf oder Ochsendorf oder wo immer geblieben! Hier in Bonn jedenfalls werden Sie nicht gebraucht!

Michael Glos, CSU, (1994).

Gerhard Schröder ist, was mich betrifft, eine Laus über die Leber gelaufen.

Henning Voscherau, SPD, Hamburger Regierungschef, (1994).

Bei Gerhard Schröder bin ich mir sicher, daß er die Macht will. Wofür er sie dann jeweils nutzt, ist nicht so sicher.

Hans-Jochen Vogel, SPD-Ehrenvorsitzender, (1996).

Mit einem echten Sozialdemokraten hat er soviel gemein wie ein Chamäleon mit einem Wasserbüffel.

Theo Waigel, CSU-Vorsitzender, (1996).

Dieser Mann in Hannover, der ja mit dem Problem manchmal Schwierigkeiten hat, ist ja wenigstens jetzt so weit, daß er bei solchen Äußerungen hinterher sich entschuldigt oder revoziert.

Hans-Jochen Vogel, Ex-SPD-Vorsitzender, (1996).

Glaubt Gerhard Schröder wirklich, er sei der Rattenfänger von Hameln, dem die gesamte SPD willenlos hinterhertrabt?

Andrea Nahles, Juso-Vorsitzende, (1997).

Er wird die Ehre haben, bei der nächsten Wahl ein achtbarer Verlierer zu sein.

Wolfgang Schäuble, CDU, Unions-Fraktionschef, auf die Frage nach dem nächsten SPD-Kanzlerkandidaten, (1997).

Wenn die Mehrheit es morgen erfordert, daß er sich zu Kaiser Wilhelm stilisiert, würde er sich einen wunderbaren Zwirbelbart zulegen. Und wenn es notwendig wäre, als bayerischer König Ludwig II. ins Kanzleramt zu kommen, würde er im Starnberger See schwimmen und einen Schwan küssen.

Joschka Fischer, Fraktionsvorsitzender Bündnis 90/Die Grünen, (1997).

Gerhard Schröder ist für die Innere Sicherheit so geeignet wie ein Eisbär zum Schutz von Robbenbabys.

Peter Hintze, CDU-Generalsekretär, (1997).

Gerhard Schröder gebärdet sich bei der Inneren Sicherheit wie August der Starke und dort, wo es um Arbeitsplätze geht, wie Micky Maus.

Theo Waigel, CSU, Bundesfinanzminister, (1997).

Abrißbirne sozialdemokratischer Programmatik.

Andrea Nahles, Juso-Vorsitzende, (1997).

Wenn Herr Schröder sich vorstellt, wir würden die Rolle des Kellners spielen und er könne Koch sein, dann wird das so nicht laufen.

Michael Vesper, Bündnis 90/Die Grünen, nordrhein-westfälischer Bauminister, (1997).

Ich bin ein entschiedener Anhänger von Kohl, nicht aus politisch-sachlichen Gründen, sondern weil er sein Amt so verrichtet, daß sich unsere Chancen verbessern.

Über sich selbst, (1989).

Ich habe überhaupt gar keine Zwänge, weil ich nicht auf der Suche nach einem neuen Job bin.

Über sich selbst, (1993).

Wenn ich so werde, wie Scharping mich haben will, läßt meine Frau sich scheiden.

Über sich selbst, (1995).

Ich bin als Parlamentsredner nicht mehr so versiert.

Über sich selbst, (1997).

Sie wissen, daß mir jeglicher Ehrgeiz völlig fremd ist.

Über sich selbst, (1997).

Dietmar Schütz

Meine Stimme ist angegriffen; deswegen muß ich ab und zu etwas trinken.

Der SPD-Abgeordnete Dietmar Schütz über sich selbst, (1989).

Irmgard Schwaetzer
(siehe auch unter »Adam-Schwaetzer«)

Es gibt einige, die da gerne schwätzen.

Eberhard Diepgen, CDU, Regierender Bürgermeister von Berlin, über die FDP-Politikerin, (1994).

Heinz Schwarz

Herr Kollege Schwarz, Sie sind wirklich ein Plattmacher in Sachen Zwischenrufe. Wenn Sie so reden, wie Sie zwischenrufen, wird es hier schlimm werden.

Ottmar Schreiner, SPD, über den rheinland-pfälzischen CDU-Politiker, (1987).

Wer darauf spekuliert, daß der Abgeordnete Schwarz im Umgang mit der Administration resigniert, der irrt sich.

Heinz Schwarz, CDU, über sich selbst, (1987).

Christian Schwarz-Schilling

Schwarz-Schilling ist das Senkblei der Regierung.

Günther Müller, CSU, über den Bundespostminister, CDU, (1985).

Es gibt Schlußlichter und Armleuchter!

Peter Paterna, SPD, zu Schwarz-Schillings Äußerung, dieser habe das Gefühl, daß zwischen Grünen und SPD ein Wettbewerb entstehe, wer das Schlußlicht der Überzeugung auf diesem Gebiet [Verkabelung/private Unternehmen, Anm. d. Hrsg.] werde, (1985).

Was nötig wäre, wäre eine Art Freiherr vom Stein für das mikroelektronische Zeitalter. Damals, im 18. Jahrhundert, redete man von einer pflanzenden Reformpolitik. Von jenem Freiherrn vom Stein stammt der schöne Satz: »Kenntnis der Örtlichkeit ist die Seele des Dienstes.« Ich bin bereit, diesen Satz für Sie, Herr Schwarz-Schilling, in Emaille schlagen zu lassen und Ihnen diese Tafel zu Weihnachten zu schenken.

Peter Glotz, SPD, (1988).

Brigitte Seebacher-Brandt

Natürlich paßt Frau Seebacher-Brandt in die Union; sie würde dort einige Genossinnen und Genossen wiederfinden.

Günther Müller, CSU, über die Witwe Willy Brandts, (1994).

Horst Seehofer

Alle, die an Ihrer Standhaftigkeit zweifeln, dürfen Sie im Januar voller Neid mit Stehhofer begrüßen.

Wolfgang Zöller, CSU, (1992).

Seehofer hat immer erklärt, daß er voll hinter mir steht. Ich bin mit ihm völlig einig.

Max Streibl, CSU, Ministerpräsident von Bayern, (1993).

Der ist als Tiger losgesprungen, und als Bettvorleger ist er dieses Jahr gelandet.

Renate Schmidt, bayerische SPD-Chefin, zum Vorgehen von Bundesgesundheitsminister Seehofer, CSU, gegen die Krankheit BSE, den Rinderwahnsinn, (1995).

Er endet als Durchwurstler im Stil des Arbeitsministers Norbert Blüm.

Rudolf Dreßler, SPD, (1995).

Wenn er zu Hause nichts zu sagen hat, dann soll er uns gegenüber nicht den starken Mann spielen.

Jürgen W. Möllemann, FDP, (1996).

Seehofer muß wegen Rinderwahn zurücktreten.

Reinhard Schultz, SPD, (1996).

Mängel gab's vor Seehofer, wird's mit Seehofer und nach Seehofer geben.

Über sich selbst in einer Pressekonferenz zu den Auswirkungen der Gesundheitsreform, (1994).

Ich habe mich 2× vorgestellt und 2× ist mir folgendes passiert: Ich kam zum Landrat in Ingolstadt, er musterte mich und fand meine 1,91 m passend. Dann fragte er: Wie schnell laufen Sie auf 100 m? 13 Sek., sagte ich. Das war's, meinem Berufsweg stand nichts mehr entgegen. Bei meinem ersten Gespräch mit Kanzler Kohl fragte er: Was wollen Sie machen? Ich: Sozialpolitik. Kohl: Das ist gut, wir brauchen Leute, die arbeiten wollen, Staatsmänner gibt es genug. So wurde ich Minister.

Über sich selbst, (1995).

Was ist der Unterschied zwischen einem stellvertretenden CSU-Vorsitzenden und einer Hundehütte? Die Hundehütte ist für den Hund und der CSU-Stellvertreter für die Katz.

Über sich selbst, (1996).

Walter Seuffert

Nur ein Rotzjunge, ein Provokateur und Agent erlaubt sich diese Unverschämtheit, Herr Seuffert!

Heinz Renner, KPD, zur Bemerkung Seufferts: »Wir wundern uns schon längst, daß Ihre verächtliche Rolle, die Sie hier spielen, Ihnen nicht selbst zum Ekel wird.«, (1952).

Heide Simonis

Ministerpräsidentin Heide Simonis muß überlegen, wie sie mit der grünen Kröte umgeht.

Heide Rühle, Geschäftsführerin der Grünen, über die Ministerpräsidentin von Schleswig-Holstein, (1996).

Horst Sindermann

Wenn Sie noch eine Woche hier bleiben, werden Sie als Covergirl herumgereicht.

Horst Ehmke, SPD, zu dem DDR-Volkskammerpräsidenten, (1986).

Hermann Otto Solms

Ich kann meinen Schnurrbart behalten.

Der Chef der FDP-Bundestagsfraktion über sich selbst. Solms hatte das Schicksal seines Schnurrbartes mit der Senkung des Solidarbeitrages verknüpft, (1996).

Lothar Späth

Der Herr Späth trägt inzwischen auf beiden Schultern so große Wassereimer, daß er demnächst wohl einiges Wasser den Rücken hinunter und in die Schuhe bekommen wird.

Erhard Eppler, baden-württembergischer SPD-Landesvorsitzender, über die Rolle des Stuttgarter Regierungschefs bei der Suche nach einem Kanzlerkandidaten der CDU/CSU, (1979).

Ich habe es längst aufgegeben, nach seinem politischen Standort zu forschen. Das wäre so hoffnungslos wie die Frage, an welcher Stelle des Baches eine Forelle zu Hause ist.

Erhard Eppler, SPD, (1979).

Ich habe gerne Leute um mich, die nicht am Tisch einschlafen.

Helmut Kohl, CDU, Bundeskanzler, (1984).

Einer wie Späth würde wegen angeblicher Exportchancen sogar eine mikroprozessorengesteuerte vollrobotisierte Spätzlemaschine subventionieren, nur um den Japanern auf dem Weltmarkt für dieses einzigartige Produkt zuvorzukommen.

Marieluise Beck-Oberdorf, Die Grünen, (1984).

Wer es quirlig in einem Bundesland zum Krösus gebracht hat, das auch ohne ihn eine hervorragende Struktur hat, ist noch längst kein guter Bundeskanzler.

Helmut Haussmann, FDP-Generalsekretär, (1985).

Kollege Lothar Späth ist nicht mein Vorbild, aber Gegenstand meines Neides.

Johannes Rau, SPD, Ministerpräsident von Nordrhein-Westfalen, (1987).

In der Steuerreform legt Späth den Sprengsatz an die Bonner Koalition, in Stuttgart steuert er auf eine Große Koalition zu.

Helmut Haussmann, FDP-Generalsekretär, (1988).

Späth ist eigentlich ein Gewaltmensch, eine Art Verwaltungsnapoleon, der seine Zettel aus der Kutsche wirft. Seine Husaren fangen die auf und versuchen, das zu lesen, und auch im Wege der vorauseilenden Loyalität das, was Seine Majestät sagen, zu erfassen und von vornherein schon auszuführen.

Manfred Rommel, CDU, Stuttgarter Oberbürgermeister, (1988).

Der Wind, der über Asien weht, murmelt leise: Lothar Späth.

Manfred Rommel, CDU, Stuttgarter Oberbürgermeister, (1988).

Lothar Späth ist als Kanzler sicher sehr geeignet.

Manfred Rommel, CDU, (1989).

Nun kommt der nicht nur beim Skatspiel mit mir befreundete Lothar Späth und erzählt, man dürfe nicht nachkarten. Und was tut er dann 35 Minuten lang? Nicht nur nachkarten! Er zeigt hier lauter Asse und sagt: Das wird ein Nullouvert.

Johannes Rau, SPD, Ministerpräsident von Nordrhein-Westfalen, (1990).

Es wird sich wohl nicht vermeiden lassen, daß ich Ministerpräsident bleibe.

Über sich selbst, (1980).

Ich bin nicht die Jeanne d'Arc des Südens.

Über sich selbst, (1989).

Dietrich Sperling

Herr Sperling, und Sie sind ein schräger Vogel!

Günther Müller, CSU [vormals SPD und fraktionslos, Anm. d. Hrsg.], (1975).

Aber festzustellen ist doch, daß Herr Sperling ein kleiner Vogel ist!

Gerhard Reddemann, CDU, auf die Ermahnung des Vizepräsidenten Dr. Schmitt-Vockenhausen, man möge mit dem Begriff »schräger Vogel« vorsichtig umgehen, (1975).

Adolf Freiherr Spies von Büllesheim

Sie sind ein kurzsichtiger Richter, wie der, den wir zum Vorsitzenden hatten!

Dietrich Sperling, SPD, zu dem CDU-Abgeordneten Freiherr Spies von Büllesheim, (1975).

Karl-Heinz Spilker

Na, na! Neuberger, Derwall! – Nennen Sie noch ein paar von diesen Flaschennamen! Sie wollen doch nicht behaupten, daß sie (Sie) sich bewährt haben!

Joschka Fischer, Die Grünen, über den CSU-Politiker, (1984).

Carl-Dieter Spranger

Sie sind ein Lump!

Herbert Wehner, SPD, (1977).

Das ist ein Lügenbold. (...) Dann ist es ein weiß-blauer Lügenbold.

Ottmar Schreiner, SPD, über den CSU-Abgeordneten Spranger, (1990).

Max Stadler

Der neue FDP-Landesvorsitzende Max Stadler weiß noch nicht, wem er die Füße lecken möchte.

Gerald Häfner, Grünen-Landesvorsitzender in Bayern, (1991).

Lutz G. Stavenhagen

Stavenhagen ist ein politischer Betrüger.

Friedhelm Julius Beucher, SPD, über den Kanzleramtsminister, CDU, (1991).

Jochen Steffen

Er hatte schon immer eine gewisse Narrenfreiheit.

Annemarie Renger, SPD, Bundestagsvizepräsidentin, (1977).

Ulrich Steger

Schnell zum Psychotherapeuten!

Lothar Haase, CDU, zu dem SPD-Abgeordneten Dr. Ulrich Steger, (1977).

Josef Stingl

Soviel Arbeitslose, wie du damals hattest, beschäftige ich heute als Mitarbeiter.

Bernhard Jagoda, Präsident der Bundesanstalt für Arbeit zur Begrüßung seines Vorgängers Josef Stingl, (1997).

Edmund Stoiber

Dieses Schwein.

Horst Ehmke, stellvertretender SPD-Fraktionsvorsitzender, über den CSU-Generalsekretär, (1980).

Blondes Fallbeil.

Otto Graf Lambsdorff, FDP, Wirtschaftsminister, (1982).

Herr Stoiber robbt rückwärts – ich finde die Art, wie hier Politik gemacht wird, ganz schlimm.

Peter Glotz, SPD-Bundesgeschäftsführer, (1983).

Ich bin sehr gespannt, wann diese beiden Terrier sich in denselben Putzlappen verbeißen.

Otto Graf Lambsdorff, FDP, über die beiden CSU-Politiker Stoiber und Wiesheu, (1983).

Ich habe in der Nacht gut geschlafen und von Edmund Stoiber geträumt.

Helmut Kohl, CDU, Bundeskanzler, (1983).

Ist auch Herr Stoiber ein Mitglied der gesamten linken Mafia?

Karl-Heinz Hiersemann, SPD-Fraktionschef im bayerischen Landtag, zur Erklärung von Max Strauß, Schalck-Golodkowski sei ein Opfer der »gesamten linken Mafia«, (1991).

Was Herr Stoiber macht, ist ein Stück Volksverdummung.

Gerhart R. Baum, stellvertretender FDP-Vorsitzender, (1992).

Herr Stoiber ist ein Extremist im öffentlichen Dienst, und von solchen Leuten lasse ich mich nicht beeinflussen.

Burkhard Hirsch, FDP, (1992).

Der und ich, das geht nicht miteinander.

Renate Schmidt, Landesvorsitzende der bayerischen SPD, (1993).

Da bezeichnet der SPD-Landtagsabgeordnete Schösser Edmund Stoiber als eine »Lichtgestalt« – so weit geht sonst nur die CSU-Landesgruppe.

Michael Glos, CSU, (1994).

Ich kann mich mit einem jungen Grünen besser über das Staatsangehörigkeitsrecht unterhalten, als mit Herrn Stoiber oder Manfred Kanther.

Guido Westerwelle, FDP-Generalsekretär, (1996).

Nachdem Oskar Lafontaine für Sie eine Null und Gerhard Schröder Ihr kongenialer Spezi auf höchster Bundesratsebene geworden ist, leiden Sie offenbar darunter, daß Sie kein so richtiges Feindbild mehr haben.

Heiner Geißler, stellvertretender CDU/CSU-Fraktionsvorsitzender, (1996).

Solange man nicht Stoiber mit eu schreibt, aus Zehetmair Haxenmüller macht oder Glos als Knödel schreibt, so lange ist die Rechtschreibreform für mich kein Weltuntergang.

Michael Glos, CSU-Landesgruppenchef, (1997).

Ach, der mit den Klarsichthüllen und nichts drin.

Wolfgang Schäuble, CDU, (1997).

Die haben ihren Beifall dosiert – den Stoiber kratzt das schon.

Ein CSU-Politiker über die Delegierten beim Parteitag in Fürth, die Theo Waigel zehn Sekunden länger applaudierten als seinem Kontrahenten Edmund Stoiber, (1997).

Ich komme unglaublich gut an.

Über sich selbst, (1993).

Ich will mal unbescheiden sein. Ohne diesen Ministerpräsidenten ist die absolute Mehrheit nicht zu erringen.

Der bayerische Ministerpräsident über sich selbst, (1994).

Manfred Stolpe

Manfred Stolpe war ein Dealer zwischen Staat und Kirche und hat einen Anteil daran, daß die DDR-Opposition scheibchenweise nach dem Westen verkauft wurde.

Bärbel Bohley, Bürgerrechtlerin, über den SPD-Ministerpräsidenten von Brandenburg, (1992).

Wäre Stolpe nicht in der SPD, er wäre längst nicht mehr im Amt.

Wolfgang Schäuble, CDU, (1992).

Manfred Stolpe war ein Mann der Kirche, nicht der Staatssicherheit.

Martin Kruse, Landesbischof der evangelischen Kirche Berlin-Brandenburg, (1992).

Wenn ich in den Raum gekommen wäre, in dem Stolpe der Stasi über den psychischen Zustand meiner Frau berichtet hat, dann hätte ich Stolpe angespuckt.

Rainer Eppelmann, CDU, (1992).

Ich bin es leid, ständig als Stasi-Stolpe vorgeführt zu werden. Ich wäre lieber der Aufbau-Stolpe.

Über sich selbst, (1994).

Gerhard Stoltenberg

Arroganter Affe!

Volker Hauff, SPD, (1985).

Im neuen Jahr dirigiert Bundesfinanzminister Stoltenberg das umweltpolitische Panikorchester.

Dieter Spöri, SPD, (1985).

Finanzminister Schuldenberg.

Heinz Suhr, Haushaltsexperte der Grünen, (1986).

Sie Feigling!

Norbert Gansel, SPD, (1987).

Sie gelten hier im Lande als der kälteste Demagoge der Republik.

Freimut Duve, SPD, über den früheren Bundesfinanzminister, CDU, (1987).

Stoltenberg steht hinsichtlich der Staatsverschuldung mit vollen Händen da.

Ernst Waltemathe, SPD, (1987).

Wenn ich als bayerischer Bauer die Volkszählung boykottiere, dann werden mir bis zu 10 000 DM Strafe angedroht. Wenn man für die Agrarpolitik, wie sie in den letzten dreißig Jahren in dem Land betrieben worden ist, Strafe zahlen müßte, dann wäre der Herr Stoltenberg mit seinem Haushalt pleite.

Matthias Kreuzreder, Die Grünen, (1987).

Ich weiß auch nicht, wie lange Stoltenberg, den wir für zwei Jahre ordnungsgemäß gewählt haben, noch im Amt bleiben will.

Trutz Graf Kerssenbrock, CDU, (1988).

Wenn wir beide, Herr Kollege Stoltenberg, zusammen essen gehen, und Sie sagen »so, jetzt wollen wir einmal bestellen« und Sie ein ganzes Hähnchen bestellen, weil Sie es bezahlen können und ich gar keins bestelle, weil ich es nicht bezahlen kann, dann wird dieses Ereignis in der Statistik wie folgt festgehalten: Stoltenberg und Struck haben zusammen ein Hähnchen gegessen, also jeder ein halbes Hähnchen. So taucht es dann nachher in der Statistik auf. Zwischen uns beiden besteht nur der Unterschied, daß Sie satt sind und ich immer noch Hunger habe.

Peter Struck, SPD, (1988).

Nachdem das einstige Finanz-Paradepferd der Union lahmt, soll es nun vollends von der Rennbahn genommen werden.

Karl-Heinz Hiersemann, Vorsitzender der SPD-Fraktion im bayerischen Landtag, (1988).

Das Duo Kohl/Stoltenberg handelt nach der Methode ›Government by Kangaroo‹: Große Sprünge, leerer Beutel.

Rudi Walther, SPD, (1989).

Franz Josef Strauß

Man soll auch mit der Dummheit haushalten, wenn sie das einzige geistige Gut ist, über das man verfügt.

Heinz Renner, KPD, (1951).

Strauß war die Kröte, die wir schlucken mußten.

Helmut Schmidt, SPD, bei Bildung der Großen Koalition, (1966).

In fünf Jahren ist es aus mit ihm.

Herbert Wehner, SPD, (1976).

Herr Ministerpräsident [gemeint ist Helmut Kohl, Ministerpräsident von Rheinland-Pfalz, Anm. d. Hrsg.], ich komme zwar etwas spät, aber trotzdem wollte ich mich vergewissern, ob ich Sie richtig verstanden habe: Haben Sie eben im Zusammenhang mit 1969 und Herrn Strauß von Gemeinwesen oder von gemeinem Wesen gesprochen?

Peter W. Reuschenbach, SPD, (1976).

Ich muß nicht immer lachen, wenn Strauß was sagt.

Norbert Blüm, CDU, (1977).

Anstatt dem Volk aufs Maul zu schauen, zieht es Herr Strauß offensichtlich immer mehr vor, dem Volk aufs Maul zu hauen.

Hans-Günter Schumacher, Sprecher des Bundesverbands Bürgerinitiativen Umweltschutz (BBU), zur Behauptung des CSU-Vorsitzenden (seit 1961), bei dem Kern der Atomkraftwerksgegner handele es sich um fanatisierte, kommunistisch gesteuerte Kampftruppen, (1977).

Franz Josef Strauß ist und bleibt der Größte im Oppositionslager, wird überall gebraucht und hält seine Folterwerkzeuge in Schuß.

Lothar Schwartz, Sprecher des SPD-Vorstands, (1977).

Ich habe Strauß im Verdacht, daß er sogar gegen die Kirchensteuer stimmen würde, wenn er damit die sozialliberale Koalition treffen könnte.

Helmut Schmidt, SPD, Bundeskanzler, (1977).

Man beschimpft nur die, die es wert sind. Dies gereicht Franz Josef Strauß zur Ehre.

Alfred Dregger, CDU, (1977).

Herr Kollege Strauß, Sie haben heute wieder viel Nebel verbreitet, um die Konturen der politischen Landschaft in diesem Land zu verwischen.

Horst Ehmke, SPD, (1977).

Franz Josef Strauß saß da, als ob ihm ein Menschenrecht abhanden gekommen sei.

Marie Schlei, SPD, Entwicklungshilfeministerin, (1977).

Ich verstehe nach all dem Ärger, den Ihnen das Wort Saustall eingebracht hat, auch nicht, daß Sie nun in München die FDP in Ihrer Parteitagsrede einen Sauhaufen genannt haben, Herr Strauß, Sie haben eine ausgesprochene Neigung zum Borstenvieh in Ihrer politischen Sprache.

Helmut Schmidt, SPD, Bundeskanzler, (1977).

Ich möchte auch noch etwas zu dem Rückzug des Kollegen Strauß in die bayerische Staatskanzlei sagen. Ich weiß nicht, ob man, wenn es um Kernprobleme der Union geht, hier ein Bild aus der Energiepolitik benutzen darf. In der Union wird offenbar häufig die Staatskanzlei als so etwas wie eine Wiederaufbereitungsanlage für abgebrannte politische Brennelemente benutzt.

Klaus Gärtner, FDP, (1978).

Strauß wird versuchen, die erfolgreiche Politik von Goppel fortzusetzen.

Werner Dollinger, stellvertretender CSU-Vorsitzender, (1978).

Bramarbas aus Bayern.

Helmut Schmidt, SPD, Bundeskanzler, (1978).

Herr Strauß betrachtet das Land Bayern nur als das Bett, in dem er seinen Traum vom Kanzler in Deutschland zu Ende träumen will.

Alfons Bayerl, Vorsitzender der bayerischen Landesgruppe in der SPD-Bundestagsfraktion, (1978).

Er wird Oppositionsführer im Bundesrat werden.

Hans-Dietrich Genscher, FDP-Vorsitzender, (1978).

Strauß ist nicht dumm. Aber je gescheiter Leute sind, um so gefährlicher können sie werden.

Dieter Haack, SPD, Bundeswohnungsbauminister, (1978).

Wie kann man jemand berufen, über andere zu regieren, der sich selbst nicht kontrollieren kann?

Helmut Schmidt, SPD, Bundeskanzler, (1978).

Ich bin zufrieden mit dem Ergebnis. Dem Herrn Strauß wurden hier in Bayern einmal die Grenzen aufgezeigt.

Helmut Rothemund, SPD-Spitzenkandidat in Bayern, (1978).

Nachdem Franz Josef Strauß offensichtlich seinen Gedanken an eine vierte Partei begraben hat, wird die Union mit einem Tandem antreten, bei dem Strauß am Lenker und hinter ihm entweder Biedenkopf oder Dregger im Sattel sitzen werden.

Conrad Ahlers, SPD, (1978).

In Wahrheit nur ein Ministerpräsidentendarsteller.

Helmut Rothemund, bayerischer SPD-Vorsitzender, (1979).

Der einzige Dienst, den Strauß der Demokratie erweisen kann, ist seine eigene Niederlage.

Helmut Rothemund, bayerischer SPD-Vorsitzender, über den neuen bayerischen Ministerpräsidenten, (1979).

Strauß wird Kreide fressen in der Hoffnung, daß die Leute glauben, er sei die liebe Großmutter und nicht der Wolf.

Egon Bahr, SPD-Bundesgeschäftsführer, (1979).

Strauß kennt Vilshofen und Peking, aber nicht die Arbeiter im Ruhrgebiet.

Johannes Rau, SPD, Ministerpräsident von Nordrhein-Westfalen, (1979).

Bekanntlich habe ich Herrn Strauß als »Ayatollah alpini« bezeichnet. Ayatollah heißt ja »Verkünder göttlicher Weisheit«. Das nehme ich hiermit zurück.

Burkhard Hirsch, FDP, nordrhein-westfälischer Innenminister, (1979).

Franz Josef Strauß ist ein Programm, aber er ist nicht ein Programm zur Erhöhung des Eierverbrauchs.

Erhard Eppler, Landes- und Fraktionsvorsitzender der SPD Baden-Württemberg, (1979).

Der Mann ist kein »Faschist«, wenn man das Wort ernst nimmt, aber jemand, dem die kurzen Wege mehr liegen als die sorgfältige Betrachtung der Umstände; dabei fährt er dann gerne mit der Dampfwalze querbeet.

Carlo Schmid, SPD, (1979).

Politischer Umweltzerstörer von rechtsaußen.

Willy Brandt, SPD-Vorsitzender, (1979).

Strauß und Zukunft, das ist ein Widerspruch in sich selbst.

Egon Bahr, SPD-Bundesgeschäftsführer, (1979).

Er ist in Wirklichkeit ein Intellektueller, ein Denker, ein Historiker …

Friedrich Zimmermann, CSU, (1980).

Bayerisches Rumpelstilzchen.

Horst Ehmke, SPD, (1980).

Das ist Strauß, wie er leibt und lebt: Ein bißchen Streicheln bei den Arbeitnehmern, aber dicke Entlastungen im Vermögenssteuerbereich der Unternehmer.

Heinz Westphal, SPD, (1980).

Strauß ist kein amtierender, sondern ein vagabundierender Ministerpräsident.

Jürgen Böddrich, stellvertretender Fraktionsvorsitzender der SPD im bayerischen Landtag, (1980).

Strauß vor unserem Rathaus ist wie 'n Kaktus in der Sahnetorte.

Transparent von Strauß-Gegnern in Lehrte, (1980).

Falschmünzer.

Helmut Schmidt, SPD, Bundeskanzler, (1980).

Ein Berserker, der die Kontrolle über sich selbst verliert.

Helmut Schmidt, SPD, Bundeskanzler, (1980).

Oberhäuptling der Wucherer und Geldscheffler mit Rasierklingen an den Ellenbogen.

Rudolf Schöfberger, SPD, (1980).

Ihm fehlt die Fähigkeit zum Frieden.

Helmut Schmidt, SPD, Bundeskanzler, (1980).

Auf abenteuerliche Weise unbeherrscht.

Willy Brandt, SPD-Vorsitzender, (1980).

Ein Gewerkschaftszerstörer, dem es an Verstand fehlt.

Helmut Schmidt, SPD, Bundeskanzler, (1980).

Brutaler Volksbetrüger.

Klaus von Dohnanyi, rheinland-pfälzischer SPD-Chef, (1980).

Wie der Bulle pißt.

Helmut Schmidt, SPD, Bundeskanzler, (1980).

Brandstifter.

Helmut Schmidt, SPD, Bundeskanzler, (1980).

Wir müssen alle dazu beitragen, daß diese Plage an unserem Volk vorübergeht.

Herbert Wehner, SPD, über den CDU/CSU-Kanzlerkandidaten, (1980).

Dieser Auslöser einer Reinkarnation des chauvinistischen Kleinbürgertums.

Helmut Schmidt, SPD, Bundeskanzler, (1980).

Strauß ist verworren, verquollen, unbeherrscht und unberechenbar. Diesem Strauß kann man guten Gewissens nicht das Kanzleramt überlassen.

Willy Brandt, SPD-Vorsitzender, (1980).

Strauß ist weder Faschist noch eigentlich Nationalist. Er ist auch nicht – wie Adenauer – konservativ. Er steht nur bis zu den Knien im rechten Sumpf.

Willy Brandt, SPD-Vorsitzender, (1980).

Bei Ihnen muß man sich zusammenreißen, um freundlich zu bleiben.

Helmut Schmidt, SPD, Bundeskanzler, (1980).

Sie sind ein Mann des Unfriedens und des Streits.

Helmut Schmidt, SPD, Bundeskanzler, (1980).

Wir werden mit Strauß jeden Strauß ausfechten.

Alfons Goppel, CSU, (1981).

Strauß kann den Charakter einer Gummiwand kennenlernen. Je heftiger er dagegen springt, um so mehr wird er zurückgeworfen.

Jürgen W. Möllemann, FDP, (1983).

Das gibt noch einigen Krach, aber Strauß bleibt in Bayern.

Helmut Kohl, CDU, Bundeskanzler, (1983).

Der brutale und skrupellose Machtmensch Strauß muß endlich in seine Schranken gewiesen werden.

Alfred Emmerlich, stellvertretender Vorsitzender der SPD-Bundestagsfraktion, (1983).

Strauß ist vom Seil gestürzt.

Peter Glotz, SPD-Bundesgeschäftsführer, (1983).

Die CSU ist weiter eine hervorragende Partei, nur ihr Vorsitzender taugt nichts.

Franz Handlos, aus Protest gegen den von Strauß eingefädelten DDR-Kredit aus der CSU ausgetreten, (1983).

Herr Strauß kommt, wenn auch spät.

Willy Brandt, SPD-Vorsitzender, über das Treffen Strauß–Honecker, (1983).

Wenn ich am Kanzler etwas zu kritisieren hätte, täte ich ihm dies gegenüber genauso, wie ich es früher gegenüber Helmut Schmidt getan habe. Das Medium Franz Josef Strauß brauche ich dazu nicht.

Otto Graf Lambsdorff, FDP, Bundeswirtschaftsminister, (1983).

Walzerkönig, der sich so lange um seine eigene Achse dreht, bis er nicht mehr weiß, in welcher Ecke er steht.

Franz Handlos, fraktionslos [bis 7. 7. 1983 CSU, Anm. d. Hrsg.], (1983).

Illegaler Hausbesetzer im Auswärtigen Amt.

Günter Verheugen, SPD, (1983).

Strauß in Bonn – das ist ein Grund zum Auswandern!

Antwort eines Passanten auf eine Umfrage der »Hamburger Morgenpost«, (1983).

Franz Josef Strauß ist ein im Grundgesetz nicht vorgesehener Privatmann.

Hans-Jochen Vogel, SPD-Fraktionschef, (1983).

Mir ist er oben wie unten gleich lieb.

Richard Stücklen, CSU, Bundestagspräsident, (1983).

Ich hätte Strauß überall gerne.

Richard Stücklen, CSU, Bundestagspräsident, (1983).

Über Strauß gibt es nur den lieben Gott, schon vom Alter her.

Josef Ertl, FDP, (1984).

Solotänzer zwischen Grenada und Damaskus.

Franz Handlos, fraktionslos, (1984).

Der bayerische Ministerpräsident ist für mich als CSU-Landesvorsitzender ein politischer Straftäter ersten Ranges, weil er bis zur Stunde den Schulterschluß zwischen CDU und FDP geübt hat.

Ludwig Fellermaier, SPD, Mitglied des Europaparlaments, (1984).

Alpenchurchill.

Hans-Jochen Vogel, SPD, (1984).

Er gehört zum politischen Urgestein dieser Republik.

Hans-Jochen Vogel, SPD, (1984).

Wo der Mann recht hat, hat er recht. Das kann sich auch wieder ändern. Im Moment hat er täglich recht.

Hans-Jochen Vogel, SPD, (1984).

Die Doppelstrategie des Franz Josef Strauß besteht darin, daß er sich in München als Lautsprecher und in Bonn als Leisetreter gibt.

Manfred Schmidt, Vorsitzender der bayerischen Landesgruppe in der SPD-Bundestagsfraktion, (1984).

Franz Josef Strauß hat von jedem Orden etwas. Von den Benediktinern die Lateinkenntnisse, von den Jesuiten die Dialektik, von den Franziskanern die Gutmütigkeit, von den Dominikanern die Verkündungskraft und von den Kapuzinern das flehentliche Werben.

Theo Waigel, Vorsitzender der CSU-Landesgruppe, (1985).

Mit seiner Ablehnung der FDP-Vorstellungen hat sich der CSU-Vorsitzende Franz Josef Strauß auf die Ebene seiner Hofhunde begeben.

Helmut Haussmann, FDP-Generalsekretär, (1985).

Strauß ist eine der wenigen großen Begabungen in der deutschen Politik. Aber er wirft häufig mit dem Hintern das wieder um, was er mit Kopf und Händen aufgebaut hat.

Willy Brandt, SPD-Vorsitzender, (1985).

Der will Genscher schlachten.

Gerhart R. Baum, FDP, Ex-Bundesminister, (1985).

Der gestoiberte Strauß ist auch unzufrieden, weil die Wende nicht »sakrisch« genug ist.

Karl Kronawitter, stellvertretender AfA-Bundesvorsitzender, (1986).

Doktor Mabuse der Koalition.

Josef Grünbeck, FDP, (1986).

Der Mensch denkt, und Gott lenkt, und Franz Josef Strauß entscheidet.

Gerold Tandler, CSU-Generalsekretär, (1986).

Reif für eine politische Endlagerung.

Hans-Jochen Vogel, Vorsitzender der SPD-Bundestagsfraktion, (1986).

Der Genscher führt Strauß bei jeder Gelegenheit am Nasenring vor.

Günter Verheugen, SPD, (1986).

Strauß will auch den letzten alten Nazi noch einfangen.

Peter Glotz, SPD-Bundesgeschäftsführer, (1987).

Der Name Franz Josef Strauß ist in meinem Wahlkampf nicht vorgekommen. Selbst wenn ich über mehrere Blumen zu sprechen hatte, habe ich immer Bukett gesagt.

Hans-Dietrich Genscher, FDP, Bundesaußenminister, (1987).

Es ist tragisch, daß sich eine so große Persönlichkeit wie Strauß mit Jasagern umgibt.

Manfred Brunner, FDP-Landesvorsitzender in Bayern, (1987).

Ich finde, daß Strauß schon immer ein bemerkenswertes Geschick für Dramatik hatte.

Werner Kaltefeiter, CDU, (1987).

Wir gehen davon aus, daß Franz Josef Strauß nicht präsentiert wird, und jeder andere Kandidat wird unsere Unterstützung finden.

Neithart Neitzel, FDP, (1987).

Franz Josef Strauß war immer sehr unbeliebt. Wenn ich mit dieser Unbeliebtheit so viele Wahlen gewinnen würde, wie er gewonnen hat, wäre ich mit der Unbeliebtheit sehr zufrieden.

Anke Fuchs, SPD-Geschäftsführerin, (1987).

Es gibt kaum einen Politiker, der sich im Laufe seiner politischen Karriere öfter korrigieren mußte als Franz Josef Strauß.

Wolfgang Mischnik, FDP-Fraktionschef, (1988).

Der ist dabei, die Regierung kaputtzureden.

Jürgen W. Möllemann, FDP, Bundesbildungsminister, (1988).

Franz Josef Strauß wissen wir in der Luft am sichersten. Der ist ja unser Meister, und ein solcher ist ja bekanntlich noch nie vom Himmel gefallen.

Max Streibl, CSU, bayerischer Finanzminister, (1988).

Franz Josef Strauß ist der einzige Schwarze, der in Südafrika gut behandelt wird.

Helmut Haussmann, FDP-Generalsekretär, (1988).

Er hat mit seinem unvorhergesehenen Tod uns nochmals einen ganz großen Dienst erwiesen, und die Resignation, die im Juni, Juli und teilweise im August auch in den eigenen Reihen spürbar war, ist vorbei.

Theo Waigel, CSU, (1988).

Franz Josef Strauß ist tot. Das und nicht das Figurenschieben auf dem Schachbrett des Kabinetts war die wirklich bedeutendste Regierungsumbildung der Nachkriegszeit.

Antje Vollmer, Die Grünen, (1989).

Das Schicksal angeblich mangelnder Kompetenz teile ich mit Franz Josef Strauß. Auch er war Lehrer und wurde Finanzminister.

Jürgen W. Möllemann, FDP, Bundeswirtschaftsminister, (1991).

Strauß war ja Schmied von Kochel und Peter von Siemens in einer Person.

Peter Glotz, stellvertretender bayerischer SPD-Vorsitzender, (1994).

Ich bin nicht der Cassius Clay der deutschen Politik. Ich bin kein Papiertiger.

Über sich selbst, (1969).

Der Strauß fährt über die ČSSR nach Polen und kommt aus der DDR als Gegenleistung zurück.

Über sich selbst, (1983).

Ich bin zwar kein zweiter Adenauer, aber ich habe jetzt noch sechs Jahre hin bis zu dem Alter, wo Adenauer Kanzler geworden ist.

Über sich selbst, (1983).

Weder bin ich in die SED eingetreten, noch ist Honecker Leiter der Auslandsabteilung der CSU geworden.

Über sein Treffen mit Erich Honecker, (1983).

Max Streibl

Wer beiträgt zur Landesvaterfigur Streibl, dem muß man den politischen Jagdschein entziehen.

Peter Glotz, SPD, (1989).

Was ist der Unterschied zwischen einem bayerischen Trachtenumzug und einer Demonstration gegen Fremdenfeindlichkeit in Berlin? Beim Trachtenumzug geht Max Streibl mit, bei der Demonstration gegen Fremdenfeindlichkeit nicht.

Otto Graf Lambsdorff, FDP-Vorsitzender, (1992).

Wer sich mit Schönhuber zum Kaffee trifft, kann auch mit Gregor Gysi in die Sauna gehen.

Ein Delegierter der Jungen Union über Bayerns Ex-Ministerpräsident Max Streibl, (1994).

Bei 22 Millionen Mark Steueranteil hätte Streibl ja Geschenke im Wert von 50 bis 100 Millionen Mark gleich von Spediteuren abholen lassen müssen – außer es handelt sich um einen Diamantengroßhandel.

Bernd Pritzner, CSU-Generalsekretär, zum Vorwurf der Steuerhinterziehung gegen Streibl, (1995).

Hans-Christian Ströbele

Der Terrorist sagt: Der Kanzler ist ein Lügner!

Anton Stark, CDU, (1986).

Ströbele ist ein Gangster, wenn Sie es hören wollen!

Hans Klein, CSU, (1986).

Hans-Christian Ströbele, Die Grünen: Das ist ein Terrorist und bleibt einer, der Reagan!
Gegenruf von der CDU/CSU: Sprach der Terrorist Ströbele!

Aus einer Debatte des Deutschen Bundestages vom 16. April 1986.

Peter Struck

Bei den engen Verteilungsspielräumen ist doch klar, zumindest ist es Norbert Blüm und auch mir klar, auch Ihrem Kollegen Struck: Auf einer Glatze können Sie einfach keine Locken wickeln.

Hans-Joachim Fuchtel, CDU, über den Parlamentarischen Geschäftsführer der SPD, (1994).

Richard Stücklen

Ich bin doch kein Klageweib, sondern ein g'standenes Mannsbild.

Der CSU-Politiker zu seiner Ablösung als Bundestagspräsident, (1983).

Heinz Suhr

Es wird nicht nur, wie der Herr Präsident zu Recht bemerkt hat, vom »Schurkenstück« gesprochen, sondern der Bundeswirtschaftsminister Martin Bangemann wird der »Ganove im Schurkenstück« genannt. Herr Kollege Suhr, Sie sollten aus dem Wasserwerk nicht ein Klärwerk machen, sondern eine chemische Reinigung für sich und andere. Ob Sie sich politisch reinigen lassen oder auch sonst, ist dann Ihre Sache.

Otto Graf Lambsdorff, FDP, über den Grünen, (1986).

Rita Süssmuth

Die Dame ist mir lieb, aber viel zu teuer.

Otto Graf Lambsdorff, FDP, (1986).

Krebsminister.

Stefan Schulte, Die Grünen, über die Bundesministerin für Jugend, Familie und Gesundheit, Rita Süssmuth, CDU, (1986).

Während Warnke für neue Regelverkehre zuständig ist, ist es Frau Süssmuth für neue Verkehrsregeln.

Ernst Waltemathe, SPD, (1987).

Frau Süssmuth, die bisher wahrlich nicht als große Partei-Strategin in Erscheinung getreten ist, hat sich unter jene Christdemokraten eingereiht, die es schick finden, sich auf die CSU und insbesondere ihren Vorsitzenden Franz Josef Strauß einzuschießen.

Wolfgang Bötsch, Parlamentarischer Geschäftsführer der CSU-Landesgruppe in Bonn, (1987).

Leistungsträger wie Frau Süssmuth, Norbert Blüm, Gerhard Stoltenberg, Dorothee Wilms und Klaus Töpfer ziehen den Regierungskarren, während andere auf dem Bock sitzen und mit der Zunge schnalzen.

Ulf Fink, Vorsitzender der CDU-Sozialausschüsse, (1988).

Ich vertraue darauf, daß Rita Süssmuth nicht in der Baugrube des Bundestags verschwindet.

Heiner Geißler, CDU-Generalsekretär, über die neue Bundestagspräsidentin, (1988).

Jeder Auftritt von Frau Süssmuth in Bayern kostet die CSU schätzungsweise 50000 konservative Wählerstimmen.

Klaus Kirchleitner, oberbayerischer Bezirksvorsitzender der Jungen Union, (1991).

Frau Präsidentin, nachdem Sie mich promoviert haben, möchte ich Ihnen zu Ihrer Wahl herzlich gratulieren.

Hans-Dietrich Genscher, FDP, nach der Worterteilung für Dr. Genscher, (1991).

Wenn Graf Lambsdorff als FDP-Parteichef im Parlament sitzt, trotz krimineller Steuervergehen, wenn de Maizière Vorsitzender der CDU-Programmkommission wird, obwohl noch Stasi-Verdachtsmomente auf ihm lasten, dann sollte man die Meßlatte bei Frau Süssmuth auch nicht zu hoch ansetzen.

Willfried Penner, stellvertretender SPD-Fraktionsvorsitzender, (1991).

Frau Süssmuth und Herr Geißler arbeiten natürlich fleißig an der Sozialdemokratisierung der CDU und sind für mich also keine maßgebliche Stimme.

Edmund Stoiber, CSU, bayerischer Staatsminister des Innern, (1992).

Das Rotlicht stört die Saarländer schon immer, Frau Präsidentin.

Ottmar Schreiner, SPD, Abgeordneter aus Saarlouis, beim Hinweis auf seine abgelaufene Redezeit, (1993).

Rita Süssmuth, Lothar Matthäus, Claudia Schiffer und ich wollen eine neue Partei gründen. Wir würden ohne Programm auf Anhieb sieben Prozent gewinnen.

Peter Glotz, SPD, (1994).

Nicht jeder Pendler aus dem Bayerischen Wald hat einen Hubschrauber zur Verfügung wie die Rita Süssmuth.

Hubert Dorn, Landesvorsitzender der Bayernpartei, zur geplanten Kürzung der Kilometerpauschale und den umstrittenen Flügen von Bundestagspräsidentin Rita Süssmuth, (1997).

Gerold Tandler

Es verwundert uns nicht, wenn sich Herr Tandler durch den Aufruf von Johannes Rau, den politischen Anstand zu wahren, besonders getroffen fühlt.

Wolfgang Clement, SPD-Vorstandssprecher, über den bayerischen Innenminister, CSU, (1981).

Erwin Teufel

Als Alleinregent ist der CDU nur noch der Teufel geblieben.

Hans-Jochen Vogel, SPD, über den baden-württembergischen Ministerpräsidenten, (1991).

Herr Teufel wurde quasi das Megaphon der Republikaner.

Walter Döring, FDP-Fraktionsvorsitzender im Stuttgarter Landtag, (1992).

Adolf von Thadden

Bei manchen Menschen hört die Entwicklung bei der Geburt auf.

Heinz Renner, KPD, über den fraktionslosen Abgeordneten Adolf von Thadden, (1953).

Wolfgang Thierse

Ich eigne mich relativ schlecht zum Klugscheißer.

Auf die Frage von Journalisten, ob er SPD-Chef Engholm in der Kieler Jansen-Affäre einen Rat geben könne, (1993).

Wenn ich Sie und Frau Hildebrandt angucke, dann kann auch keine Freude aufkommen. Das ist wahr.

Friedrich Bohl, CDU, Bundesminister für besondere Aufgaben, über den aus dem Osten stammenden SED-Politiker, (1994).

Dieter Thomae

Wer glaubt, zu jedem und zu allem seinen Senf dazugeben zu müssen, den hält man bald selbst für ein kleines Würstchen. Das ist eine alte Erkenntnis meiner Landsleute im Saarland. Wer zu allem und jedem seinen Senf dazugeben muß, den hält man bald selbst für ein kleines Würstchen, Herr Kollege Thomae – wenn Sie es genau wissen wollen.

Ottmar Schreiner, SPD, über den FDP-Abgeordneten, (1991).

Hans Tietmeyer

Herr Tietmeyer, wenn Sie vorhaben sollten, die deutschen Goldreserven in so etwas wie eine Stiftung einzubringen, um sie vor irgendwelchen Zugriffen zu schützen, wir bieten Ihnen hiermit Asyl in Niedersachsen.

Gerhard Schröder, SPD, niedersächsischer Ministerpräsident, über den Präsidenten der Bundesbank, (1997).

Peter Tobaben

Ein so dummes Zeug sagt hier niemand!

Herbert Kriedemann, SPD, in einem Zwischenruf zu dem DP-Abgeordneten Peter Tobaben, (1960).

Jürgen Todenhöfer

Totengräber!

Ludwig Fellermaier, SPD, zu dem CDU-Abgeordneten Jürgen Todenhöfer, (1974).

Immerhin segelt er! Sie sitzen auf Sand!

Herbert Wehner, SPD, auf die Behauptung Todenhöfers, Minister Bahr segele in der Frage der neuen Wirtschaftsordnung unter der Flagge der Marktwirtschaft, (1975).

Nun ist Kollege Todenhöfer wieder vom Meeresboden aufgetaucht, aber nach seiner heutigen Abschiedsvorstellung wird die Union wohl selbst dafür sorgen, daß sich die Wogen bald wieder über ihm glätten werden.

Eckhard Schleifenbaum, FDP, (1976).

Jetzt kommt der Wurmfortsatz.

Herbert Wehner, SPD, zur Wortmeldung des CDU-Abgeordneten Jürgen Todenhöfer, (1976).

Er ist eine Null.

Renate Hellwig, CDU-Bundestagsabgeordnete, über ihren Fraktionskollegen, (1989).

Klaus Töpfer

Der Minister ist noch nicht so alt wie Mao Tse-tung, als er den Yang-Tse durchschwamm. Aber er will partout so bekannt wie Mao werden.

Harald B. Schäfer, SPD-Umweltexperte, über die Aktion von Bundesumweltminister Klaus Töpfer, CDU, in Mainz den Rhein zu durchschwimmen, (1988).

Es ist schon ein Eiertanz, den Sie hier aufführen, Herr Töpfer, nach dem Motto: Mögen haben wir schon wollen, aber dürfen haben wir uns nicht getraut.

Jürgen Vahlberg, SPD, (1988).

Wenn Töpfer in den Rhein steigt, löse ich keinen internationalen Rheinalarm aus.

Hans-Otto Wilhelm, CDU, Umweltminister von Rheinland-Pfalz, (1988).

Ein Öko-Genscher, ein Themenspringer, der den Kollegen Möllemann mit seinem gesamten Pressestab vor Neid erblassen läßt.

Klaus Lennartz, SPD, (1991).

Wie schwach muß ein Minister sein, wenn er von seiner Kabinettskollegin auch noch gezwungen wird, den Kakao zu trinken, durch den er gezogen wird.

Jörg Jordan, SPD, hessischer Wohnungs- und Naturschutzminister, in der Bundesratsdebatte zum Investitions- und Wohnbaulanderleichterungsgesetz über Bundesumweltminister Töpfer und Wohnungsbauministerin Irmgard Schwaetzer, (1993).

Wenn Töpfer weg ist, wird es nur noch schlechter.

Michael Müller, SPD-Umweltexperte, (1993).

Herr Abgeordneter Schäfer, Sie müßten mich einmal erleben, wenn ich mich wirklich aufrege.

Über sich selbst, (1988).

Skat ist das einzige, was ich wirklich kann.

Über sich selbst, (1993).

Jürgen Trittin

Jürgen Trittin redet über die PDS wie ein Eunuch über die Liebe.

Klaus-Dieter Feige, Sprecher der Grünen in Mecklenburg-Vorpommern, über die Ansicht des Bundessprechers der Grünen, die PDS sei koalitionsfähig, (1996).

Trude Unruh

Frau Kollegin, ich sehe mich gezwungen, die Unruh jetzt zu beenden.

Heinz Westphal, SPD, Vizepräsident, über die »Graue Panther«-Gründerin Trude Unruh, (1989).

Sie können überhaupt nicht denken!

Zuruf von der CDU/CSU, (1989).

In der Politik, Frau Kollegin Unruh, ist im Gegensatz zur Schule Abschreiben nicht nur nicht verboten, sondern geradezu erwünscht.

Dieter-Julius Cronenberg, FDP, (1989).

Es reicht, wenn Sie mich mit »Herr Richter« anreden.

Manfred Richter, FDP, auf den Zuruf der Abgeordneten Trude Unruh: »Mein Gott!«, (1989).

Günter Verheugen

Die Ratten nehmen es besonders übel, wenn das von ihnen verlassene Schiff nicht sinkt.

Otto Graf Lambsdorff, FDP, über den zur SPD übergetretenen ehemaligen FDP-Generalsekretär, (1987).

Der neue SPD-Bundesgeschäftsführer Günter Verheugen müßte die Künste eines Flohzirkusdirektors übertreffen, wenn es ihm gelingen sollte, seine Partei zur Geschlossenheit zu führen.

Erwin Huber, CSU-Generalsekretär, (1993).

Herr Verheugen, wenn Sie mir drei Fragen gestellt haben, dann darf ich Ihnen doch wohl sechs Antworten geben.

Ulrich Irmer, FDP, (1994).

Also ich brauche mir nur täglich das Gesicht von Günter Verheugen anzusehen – der ist früher mal von der FDP zur SPD gegangen –, dann bin ich schon bedient.

Jürgen Koppelin, FDP-Landesvorsitzender von Schleswig-Holstein, auf die Frage, ob er zur SPD wechseln wolle, (1996).

Bernhard Vogel

Ich bin ja kein Wunderheiler, sondern Ministerpräsident.

Der CDU-Politiker zu einer Bilanz seiner ersten 100 Tage Regierungstätigkeit in Erfurt, (1992).

Hans-Jochen Vogel

Wir haben mit Hans-Jürgen [sic!] Vogel eine überzeugende personelle Alternative gegenüber dem vollmundig-barocken Pfälzer und seinem trickreichen Kompagnon von der Drei-Prozent-Punkte-Partei.

Herbert Wehner, SPD-Fraktionschef, über den SPD-Kanzlerkandidaten im Vergleich mit Kanzler Helmut Kohl und FDP-Chef Genscher, (1982).

Ich erwarte von Vogel nichts.

Reiner Trampert, Vorstandssprecher der Grünen, (1982).

Er ist kein einfacher Mann, aber gerade deshalb besonders geeignet, weil er ein hervorragender Mann ist.

Helmut Schmidt, SPD, (1982).

Hans-Jochen Vogel ist das größte lebende Investitionshindernis in der Bundesrepublik.

Theo Waigel, CSU, (1983).

Was uns von Herrn Vogel unterscheidet, ist, daß er russische Raketen will und nicht unbedingt dann ein Gegengewicht auf amerikanischer Seite.

Alfred Dregger, CDU, (1983).

Kandidat Andropows.

Alois Mertes, CDU, Staatsminister im Auswärtigen Amt, über den SPD-Bundestagsfraktionschef, (1983).

Hans-Jochen Vogel, das ist die Rache Helmut Schmidts an der eigenen Partei.

Franz Josef Strauß, CSU, bayerischer Ministerpräsident, (1985).

Wenn Hans-Jochen Vogel von deutschen Bildschirmen verschwände, würde der CDU ein wichtiger Werbeträger fehlen.

Heiner Geißler, CDU-Generalsekretär, (1985).

Außerdem bin ich nicht mehr bereit, die Oberlehrermanieren von Hans-Jochen Vogel hinzunehmen.

Hans-Jürgen Wischnewski, SPD-Präsidiumsmitglied, zu seinem Rücktritt als Schatzmeister der Partei, (1985).

Oberlehrer Vogel möchte in der nächsten Woche offensichtlich erneut Zensuren verteilen.

Rudolf Seiters, Parlamentarischer Geschäftsführer der CDU/CSU-Fraktion, (1986).

Fieser Möpp!

Gerhard O. Pfeffermann, CDU, (1986).

Ich nenne Sie einen schäbigen Verleumder und möchte einen Ordnungsruf!

Rudolf Seiters, CDU, (1986).

Hans-Jochen Vogel ist der einzige, der die SPD nach 1988 führen kann. Von ihm würde man auch einen Gebrauchtwagen kaufen.

Peter Würtz, SPD, (1987).

Es ist sicher, daß sich Bernhard und Jochen Vogel duzen. Aber es ist nicht sicher, ob sich Jochen Vogel im Selbstgespräch nicht doch siezt.

Wolfgang Roth, stellvertretender SPD-Fraktionsvorsitzender, (1987).

Ich glaube, daß wir mit Vogel ein Stück der guten preußischen Tradition in der alten Sozialdemokratie beleben.

Björn Engholm, SPD-Spitzenkandidat in Schleswig-Holstein, über den neuen Parteichef, (1987).

Seit die SPD einen Vogel hat, ist sie wieder eine ganz normale Partei.

Ernst Waltemathe, SPD, (1988).

Nun, Herr Abgeordneter Vogel, ziehen Sie durchs Land und machen Volksverhetzung in Sachen Gesundheitsreform.

Helmut Kohl, CDU, Bundeskanzler, (1988).

Wenn der Hans-Jochen müde ist, dann sagt er: »Leute, ich muß mich entspannen – bringt mir ein Diktiergerät.«

Johannes Rau, stellvertretender SPD-Vorsitzender, (1989).

Lügen haben kurze Beine,
Kürzer sind dem Vogel seine.

Heiner Geißler, CDU-Generalsekretär, (1989).

Auch wenn der Vogel noch so zwitschert, wir wollen von der SPD nicht durchsichtige Lockrufe hören.

Otto Graf Lambsdorff, FDP, in seiner Koalitionsabsage an die SPD, (1989).

Ich akzeptiere keinen von beiden. Das sind beides sehr scheußliche Zeitgenossen.

Otto Graf Lambsdorff, FDP-Vorsitzender, über die beiden potentiellen Kanzlerkandidaten der SPD, Hans-Jochen Vogel und Oskar Lafontaine, (1989).

Und dann Herr Kollege Honecker, ... äh, Herr Kollege Vogel ...

Helmut Kohl, CDU, Bundeskanzler, bei einer mißglückten Anrede des Oppositionsführers, (1991).

Ich bin sicher, daß wir eine Zeitlang brauchen, in seine Gummistiefel hineinzuwachsen.

Björn Engholm, SPD, bei der Verabschiedung von Hans-Jochen Vogel als Fraktionschef, (1991).

Die guten Leute in der Bundesrepublik sind entweder meine Vorgänger oder meine Nachfolger.

Über sich selbst, (1989).

Ich bin 13 Jahre jünger als Willy Brandt; Björn Engholm ist 13 Jahre jünger als ich. Das ist eine Verjüngung von 26 Jahren innerhalb von 4 Jahren.

Über sich selbst, (1991).

Wolfgang Vogt

Ich bettle hier doch nicht um ein Gnadenbrot! Sie können mich mal!

Ottmar Schreiner, SPD, (1990).

Ludwig Volkholz

Heinrich Georg Ritzel, SPD: Erstens: Der Abgeordnete Volkholz wird bezichtigt, vor der Landtagswahl in Bayern gegen die Zusicherung von Freibier zwanzig Parteifreunde angestiftet zu haben, Versammlungen in Bodenmais und Kötzing zu sprengen, und den Abgeordneten Donhauser zu verprügeln. (...) Viertens: Volkholz habe eine Aktivistengruppe in Neukirchen-Heiligenblut gegründet und dort erklärt, wenn ein Flüchtling etwas vom Lastenausgleich sage, sollten ihm die Aktivisten mit einem Prügel gleich den Schädel einschlagen. Fünftens: Volkholz habe einen Forstarbeiter nach vorheriger mündlicher Bedrohung beschossen und dann entschuldigend erklärt, er habe diesen Forstarbeiter bloß auf die Probe stellen wollen, ob er feig sei.
Dr. Erich Mende, FDP: So was nennt man Revierförster!
Heinrich Georg Ritzel, SPD: Ja, Abgeordneter Volkholz ist meines Wissens Revierförster.

Aus einer Debatte des Deutschen Bundestages, zur Genehmigung des Strafverfahrens gegen den Abgeordneten der Bayernpartei Ludwig Volkholz vom 24. Januar 1952.

Antje Vollmer

Unverschämtes Weib ist das.

Gerhard O. Pfeffermann, CDU, über die Grünen-Politikerin Antje Vollmer, (1990).

Ludger Volmer

Ich werde mich bemühen, als Sprecher auch den weiblichen Part zu spielen.

Über sich selbst, nach dem Rücktritt seiner Grünen-Sprecherkollegin Christine Weiske, (1993).

Friedrich Voss

Sie Dösbaddel!

Norbert Gansel, SPD, (1986).

Christian Wagner

Von einem guten Kultusminister erwartet man die Wendigkeit eines Rechtsanwalts, die Treue eines deutschen Schäferhundes, den Einsatzwillen eines Preisboxers, die Geduld eines Lastesels und bei der Besoldung die Bescheidenheit eines Franziskanermönchs.

Über sich selbst, (1988).

Theo Waigel

Herr Präsident! Meine Damen und Herren! Herr Waigel, ich halte die Art und Weise, wie Sie die politische Auseinandersetzung heute morgen geführt haben, für ekelerregend.

Hannegret Hönes, Die Grünen, über den CSU-Kollegen, (1986).

An die Gesichter der neuen Parteivorsitzenden Waigel und Graf Lambsdorff hat man sich in Bonn langsam gewöhnt. Es bleibt aber oft noch unklar, wer von den beiden der Konservative und wer der Liberale ist.

Dietrich Sperling, SPD, über den neuen CSU-Chef, (1988).

Er lügt nicht, das ist bei einem Politiker ganz viel wert.

Josef Deimer, CSU, Vorsitzender des bayerischen Städtetages und Oberbürgermeister von Landshut, (1990).

Man kommt fast in Versuchung, dem Herrn Bundesfinanzminister zu erlauben, an seinem Ministerium ein neues Eingangsschild aufzuhängen: »Theos Töpfer-Stübchen« statt Finanzministerium.

Heide Simonis, SPD, Landesfinanzministerin in Schleswig-Holstein, über den Bundesfinanzminister, (1990).

Soviel Frechheit auf einmal hat man selten in diesem Hause.

Oskar Lafontaine, SPD, stellvertretender SPD-Vorsitzender und saarländischer Ministerpräsident, (1991).

Offensichtlich kann dies in der Koalition nur ein Finanzminister, der in einer Partei ist, die sich christlich-sozial nennt. Ich möchte hier gar keine Übersetzung versuchen, aber mir fiele da schon einiges ein: »C« für Chaos, »S« für skrupellos, »U« für unsozial und anderes mehr.

Joachim Poß, SPD, (1991).

Das Pferd unseres früheren Kollegen Hans Apel ist keineswegs abhanden gekommen. Es hat sich so an das Treten gewöhnt, daß auch Theo Waigel schon einen Schlag abbekommen hat.

Rudi Walther, SPD-Haushaltsexperte, (1991).

Theo Waigel ist der fröhlichste Schuldenmacher und der größte Schuldenmacher, den man sich denken kann.

Rudi Walther, SPD, (siehe auch unter »Hans Apel«), (1991).

Bundesfinanzminister Waigel hat im Deutschen Bundestag angekündigt, er würde in Zukunft jede Mark zweimal umdrehen. Wir haben nicht damit gerechnet, daß dies bedeutet, daß er in Zukunft jede Mark zweimal ausgeben will.

Ingrid Matthäus-Maier, SPD, (1991).

Vorsitzender der bedeutendsten Regionalpartei in Deutschland.

Wolfgang Weng, FDP, (1991).

Bundesfinanzminister Waigel und Bundeswirtschaftsminister Möllemann laufen Gefahr, in die bundesdeutsche Finanz- und Wirtschaftsgeschichte als Horror-Duo einzugehen.

Joachim Poß, SPD, (1992).

Der Finanzminister ist ja eine Art Robin Hood im Kopfstand.

Ottmar Schreiner, SPD, (1992).

Wenn Franz Josef Strauß heute noch lebte, würde er angesichts der Finanzpolitik seines Nachfolgers im Parteivorsitz nicht nur sämtliche Hände, sondern auch die Füße über dem Kopf zusammenschlagen.

Rudi Walther, SPD, (1992).

Theo Waigel ist ein liebenswürdiger Mann, aber dennoch ein altes Schlitzohr.

Heide Simonis, SPD, Finanzministerin von Schleswig-Holstein, (1993).

Ich kann mir kein Amt vorstellen – außer dem Amt des Papstes –, für das Theo Waigel nicht geeignet wäre.

Michael Glos, CSU-Landesgruppenchef im Bundestag, (1993).

Wir haben beide als Hinterbänkler im Ausschuß angefangen. Warum soll ich Theo Waigel in meiner letzten Rede hier noch besonders kritisieren? Das tun schon andere für mich!

Rudi Walther, SPD, (1993).

Theo Waigel als Hüter der Bundeskasse? Da kann man doch gleich Graf Dracula zum Bewacher einer Blutbank machen.

Rudolf Scharping, SPD, Ministerpräsident von Rheinland-Pfalz, (1993).

Unter dieser immer dünneren und immer kleineren Decke liegen der Bundesfinanzminister, Länderfinanzminister und Kämmerer. Wenn es dem Bundesfinanzminister gelingt, sich ein Stück der Decke herüberzuziehen, dann erfriert dem Kämmerer der Hintern, und das hat er nicht gerne.

Heribert Blens, CDU, (1993).

Minister Waigel muß seine Sparpläne überdenken. Sparen darf nicht zur Spezialdisziplin der kleinen Leute verkommen.

Walter Link, CDU, Chef des Bundesausschusses für Familie und Senioren, (1994).

Das Gutachten stellt eine schallende Ohrfeige für den Bundesfinanzminister dar. Da Waigel immer wieder auf die Arbeit der Kommission verwiesen hat, kann er jetzt die verfassungsrechtliche Bewertung der Experten nicht einfach beiseite schieben.

Joachim Poß, finanzpolitischer Sprecher der SPD, (1994).

Benehmen ist Glücksache. Theo Waigel hat offenbar kein Glück.

Otto Graf Lambsdorff, FDP, (1995).

Waigel denkt, was ich sage. Die deutsche Position ist klar, wir wollen niemanden aus der Währungsunion ausschließen.

Helmut Kohl, CDU, Bundeskanzler, (1995).

Theo Waigel, der Herr der Löcher, weiß natürlich, daß die Haushaltslöcher noch größer sind, als er zugibt.

Oskar Lafontaine, SPD-Vorsitzender, (1995).

Theo Waigel tritt jetzt denselben Gang an wie der Hennemann.

Rudolf Scharping, SPD, vergleicht die Probleme des Finanzministers mit denen des Ex-Vulkan-Vorstandschefs Hennemann, (1996).

Theo Waigel verhält sich wie ein Brandstifter, der Feuer legt, um dann die Feuerwehr rufen zu können.

Peter Struck, SPD-Fraktionsgeschäftsführer, (1996).

Sie sollten nicht in den Haushalt einbrechen und hinterher nach der Polizei rufen.

Wolfgang Gerhardt, FDP-Vorsitzender, (1996).

Herr Waigel, so wie Graf Lambsdorff Sie klassifiziert, wie andere Liberale Sie klassifizieren, klassifiziert Sie manchmal noch Herr Stoiber, aber kein Grüner und kein Roter.

Joschka Fischer, Fraktionssprecher Bündnis 90/Die Grünen, (1996).

Theodor heißt eigentlich Gottesgeschenk. Wer hätte gedacht, daß Gott uns so wenig mag.

Rudolf Scharping, SPD-Fraktionschef, (1996).

Hoch rücktrittsreif –, eigentlich müßte er von sich aus gehen.

Joschka Fischer, Fraktionssprecher Bündnis 90/Die Grünen, (1996).

Waigel ist mittlerweile so blutleer, daß selbst Dracula bei Nacht sich noch umdrehen würde.

Christine Scheel, Finanzexpertin der Grünen im Bundestag, (1997).

Theo Waigel übersetzt seinen Namen ja so gern mit »Geschenk Gottes«. Dabei ist er doch nichts anderes als Franz Josefs Strafe.

Renate Schmidt, Bayerns SPD-Chefin, (1997).

Ein Marsmensch mit dem Vornamen Theo muß wohl Unordnung im Bundeshaushalt angerichtet und maßlose Schulden aufgehäuft haben, von denen ein Bundesfinanzminister namens Waigel heute meint, daß sie beseitigt oder abgebaut werden müssen.

Rudolf Dreßler, SPD-Sozialexperte, zum Sparpaket, (1997).

Theo Waigel bekommt unsere Solidarität, nicht unser Geld.

Erwin Huber, bayerischer CSU-Finanzminister, (1997).

Wenn sich der Eindruck erhärtet, daß die Steuerreform im Gestrüpp einer diffusen Diskussion steckenbleibt, muß auch an eine Kabinettsumbildung gedacht werden. Wir brauchen jetzt Konstrukteure, keine Mechaniker.

Christian Wulff, niedersächsischer CDU-Chef, (1997).

Es gibt in der CSU und der CDU große Unzufriedenheit, die sich am Finanzminister festmacht.

Christian Wulff, CDU, (1997).

Er ist ein armes Schwein. Alle hacken auf ihm rum.

Hans Apel, SPD, ehemaliger Bundesfinanzminister, (1997).

Die Telekommunikationspolitik der Bundesregierung folgt dem Grundsatz »In dubio pro Theo«.

Hans Martin Bury, SPD, (1997).

Fest wie eine deutsche Eiche und mutig wie ein bayerischer Löwe.

Michael Glos, CSU-Landesgruppenchef, (1997).

Was ist ein Theo? Die Entfernung zwischen zwei Löchern im Haushalt.

Ingrid Matthäus-Maier, finanzpolitische Sprecherin der SPD, (1997).

Dieser Mann kann einfach nicht mit Geld umgehen.

Ingrid Matthäus-Maier, finanzpolitische Sprecherin der SPD, (1997).

Der müßte sich zumindest im Hütchenspiel auskennen.

Joschka Fischer, Fraktionssprecher Bündnis 90/Die Grünen, laut dpa auf die Frage, wen er sich als Nachfolger von Finanzminister Theo Waigel vorstellen könne, (1997).

Designierter Ex-Finanzminister.

Joschka Fischer, Bündnis 90/Die Grünen, (1997).

Früher hat mir Libero schon gefallen. Aber ich war in der Fußballmannschaft des Bundestages auch ein starker Zerstörer.

Über sich selbst, (1989).

Ich habe Selbstdisziplin. Ich brauche keine Kabinettsdisziplin.

Über sich selbst, (1989).

Ein Finanzminister ist wie ein Indianer ohne Schmerz.

Auf die Frage, wo für ihn bei den Wünschen der Sowjetunion nach Unterstützung die Schmerzgrenze liege, (1990).

Ich bin nicht der Last- und Packesel der Bundesregierung.

Über sich selbst, (1993).

Ich bin glücklich über die Wiedervereinigung, aber wenn sie nicht gekommen wäre, stünde ich wahrscheinlich als erfolgreichster Finanzminister in der Geschichte da.

Über sich selbst, (1995).

Ich habe Nerven wie ein Heuseil.

Über seine strittige Finanzpolitik, (1996).

Wo immer ich als Bundesfinanzminister stehe, da weiß ich, meine treuen Freunde stellen sich mutig vor mich hin – solange sie sicher sind, daß von hinten geschossen wird.

Über sich selbst, bei der Verleihung des Ordens »Wider den tierischen Ernst«, (1997).

Ich schleppe mich von Sieg zu Sieg.

Über sich selbst, (1997).

Walter Wallmann

Herr Wallmann hatte bei seiner Absage offensichtlich ein autoritäres Blackout.

Anke Martiny-Glotz, SPD, (1986).

Sie sind ein Quadratschlitzohr.

Bernd Reuter, SPD, über den damaligen Bundesumweltminister Walter Wallmann, CDU, (1986).

Ernst Waltemathe

Ich weiß ja, daß ich unübertrefflich bin, aber so überheblich bin ich nun auch wieder nicht.

Der SPD-Abgeordnete Ernst Waltemathe über sich selbst, (1993).

Herbert Wehner

Ich möchte nur ein Wort sagen. Wenn es der Fraktion der SPD mit den Fragen, die hier vorgetragen worden sind, ernst ist, dann möge sie nur zur nächsten Debatte einen anderen Redner vorschicken, der über den Vorwurf erhaben ist, er müsse alle schmutzigen Geschäfte darum tun, weil er ein Renegat ist. Der Herr Vorredner möge etwas vorsichtig sein. Es könnte sonst passieren, daß meine Fraktion gezwungen ist, einige Akten über seine Vergangenheit zu öffnen. Es könnte dazu führen – ich sage das mit aller Deutlichkeit –, daß sich alle anständigen Menschen hier in diesem Hause mit Ekel von diesem Menschen abwenden werden.

Walter Fisch, KPD, über den SPD-Politiker, (1951).

Der heutige Angriff gegen das Selbstbestimmungsrecht unseres Volkes, gegen die Freiheit der Persönlichkeit, gegen die durch das Grundgesetz verankerten Bürgerrechte wurde durch den Vertrauensmann Dr. Schumachers, den Renegaten Wehner, eingeleitet.

Friedrich Rische, KPD, über den Chef des Bundestagsausschusses für Gesamtdeutsche Fragen, (1951).

Meine Damen und Herren! Ich kann mich hier nicht auf die pornographische Sprache des Herrn Wehner einlassen.

Jürgen Todenhöfer, CDU, nachdem er vom SPD-Fraktionschef Herbert Wehner als »Wurmfortsatz« bezeichnet wurde, (1976).

Bei Ihnen ist das möglich, Herr Wehner, weil Sie Ihre Umwelt zu behandeln pflegen, wie ostelbische Gutsbesitzer früher angeblich ihre Kutscher behandelt haben.

Franz Josef Strauß, CSU, (1978).

Sie gehen mit der sozialistischen Heckenschere an das Problem heran, und Sie werden es dennoch nicht lösen.

Heinrich Franke, CDU, (1978).

Er spricht einen Untergrundjargon, den er von früher her noch meisterhaft beherrscht.

Franz Josef Strauß, CSU, Kanzlerkandidat der Union, (1979).

Einer, der Stalin gedient hat!

Benno Franke, CDU, (1979).

Er ist stumm, Genosse »Stummski«!

Lothar Haase, CDU, (1980).

Herbert Wehner sollte seiner Partei und diesem Land einen letzten Dienst erweisen und endlich von der politischen Bühne abtreten.

Gerhard Stoltenberg, stellvertretender CDU-Vorsitzender, (1981).

Es dürfte bekannt sein, daß Herbert Wehner noch jeden von uns, der sich Hoffnungen macht oder ›befürchtet‹, sein Nachfolger zu werden, zu Grabe tragen wird.

Hans Apel, SPD, Bundesverteidigungsminister, (1982).

Der Onkel hat immer noch mehr politisches Fingerspitzengefühl im kleinen Finger als seine potentiellen Nachfolger im Kopf.

Gerhard Schröder, SPD, (1982).

Wehner ist ein alter Kommunist, und wenn Kommunisten aus der Macht verdrängt werden, dann sprechen sie gewöhnlich von Komplott.

Franz Josef Strauß, CSU, (1982).

Reinhold Weist

Sie sind doch nur so etwas wie der Hosenträger des Herrn Fischer.

Alfred Schmidt, FDP, zum Grünen-Abgeordneten Reinhold Weist im Hessischen Landtag, auf die ergebene Haltung der Grünen-Fraktion gegenüber dem stellvertretenden Ministerpräsidenten Fischer anspielend, (1991).

Richard von Weizsäcker

Nach der Aufstellung von Weizsäckers wird es mir schwerer fallen, das Ziel einer Wiederwahl zu erreichen.

Dietrich Stobbe, Regierender Bürgermeister und Vorsitzender der Berliner SPD, über seinen Herausforderer, (1978).

Es war schon immer problematisch, wenn Schwaben zu Preußen werden. Das haben wir mit den Hohenzollern erlebt und erleben es nun mit den Weizsäckers.

Horst Ehmke, SPD, über den Bundespräsidenten, CDU, (1990).

Ich bin weder Oberschiedsrichter noch Gutachter der Nation.

Über sich selbst, (1988).

Die Stafette ist übergeben. Sie haben mich glücklich überstanden.

Über sich selbst, (1994).

Wolfgang Weng

So ein Rindvieh!

Ruth Fuchs, PDS, (1992).

Den schlanken Staat, Herr Weng, erreicht man nicht mit dürren Reden und sozialen Abführmitteln.

Werner Schulz, Bündnis 90/Die Grünen, zur Rede des FDP-Abgeordneten Wolfgang Weng, (1993).

Helene Wessel

Sie sind eine Giftspritze! (...) Mit dem ersten Satz schon haben Sie Gift gespritzt!

Hermann Ehren, CDU, zu der SPD-Abgeordneten Helene Wessel, (1958).

Guido Westerwelle

Der Zögling Kinkels entpuppt sich als der Enkel Lambsdorffs.

Jürgen Trittin, Bundessprecher der Bündnis 90/Die Grünen, zu den Ermittlungen gegen den FDP-Generalsekretär wegen Verdachts der Beihilfe zur Steuerhinterziehung, (1995).

Wie komme ich denn dazu, vor Ihrem Aktenköfferchen zu kneifen.

Joschka Fischer, Bündnis 90/Die Grünen, auf den Einwand des FDP-Generalsekretärs, er habe in der Bundestagsdebatte gekniffen, (1996).

Wir brauchen eine Gründerwelle und keine Westerwelle.

Werner Schulz, Bündnis 90/Die Grünen, in seiner Antwort auf eine Rede des FDP-Generalsekretärs zum Thema Arbeitslosigkeit, (1996).

Die FDP sollte Windmacher wie ihren Generalsekretär Westerwelle, die nur Propagandamühlen drehen, mehr an die Leine nehmen.

Erwin Huber, CSU-Finanzminister in Bayern, (1996).

Ich suche mir meine Telephongespräche selber aus. Und zwar nach folgender Priorität: Was ist notwendig, und was mach' ich gern. Unter beidem ist ein Telephongespräch mit Westerwelle nicht einzuordnen.

Theo Waigel, CSU, Bundesfinanzminister, (1996).

Heidemarie Wieczorek-Zeul

Sie sind eine scheinheilige Schlange!

Johannes Gerster, CDU, über die SPD-Politikerin, (1989).

Bernd Wilz

Sie sind ein Schwachkopf!

Horst Ehmke, SPD, zu dem CDU-Abgeordneten Bernd Wilz, (1985).

Hans-Jürgen Wischnewski

Ben Cash.

Neuer Spitzname in Bonn für den SPD-Schatzmeister, der wegen seiner guten Arabien-Kontakte bislang stets »Ben-Wisch« genannt wurde, (1984).

Wie gut die Bundesregierung ist, erkennt man daran, daß ich der schlechteste ihrer Minister bin.

Über sich selbst, (1978).

Matthias Wissmann

Die Aussage von Bundesminister Wissmann, die Optimisten seien von Pessimisten dadurch zu unterscheiden, daß die einen das Glas für dreiviertel voll und die anderen für dreiviertel leer halten, muß wohl nicht kommentiert werden.

Elke Ferner, SPD, über den CDU-Politiker, (1996).

Jürgen Wohlrabe

Sie sind ein Schwein, wissen Sie das?

Herbert Wehner, SPD, zu dem CDU-Abgeordneten Jürgen Wohlrabe, (1974).

Nun quatschen Sie doch nicht dazwischen, Sie nachgemachter Berliner!

Herbert Wehner, SPD, (1974).

Sumpfblüte!

Herbert Wehner, SPD, (1976).

Ich glaube, ich traue meinen Ohren nicht: Wohlrabe als Weißmacher an diesem Pult hier! Wissen Sie, Herbert Wehner hat doch recht: Sie sind eine Übelkrähe! (...) Frau Präsidentin, ich will das gern wiederholen: Ich habe Herrn Wohlrabe als Übelkrähe bezeichnet.

Claus Grobecker, SPD, (1976).

Markus Wolf

Das ist ein alter Mann, und er tut mir leid. Er ist auch eine tragische Figur, aber er muß vor Gericht.

Klaus Kinkel, FDP, Bundesjustizminister, über den DDR-Spionagechef, (1991).

Persönlich betrachte ich mich nicht als Gespenst.

Zu einem Moskauer Zeitungsbericht, in dem es hieß, aus ganz Europa tauchen »Gespenster« auf, (1991).

Bernhard Worms

Bei allem Respekt, Worms ist einer der wenigen Politiker, die ich kenne, deren Bekanntheitsgrad während eines Wahlkampfes zurückgegangen ist.

Willy Brandt, SPD, über den nordrhein-westfälischen CDU-Politiker, (1985).

Manfred Wörner

Die Bürger sind empört, wenn ein Bundesminister sich nicht entblödet, von einer geistigen Verwirrung im Volk zu sprechen.

Christa Nickels, Die Grünen, über den Bundesverteidigungsminister, CDU, (1983).

Entweder ist General Kießling geisteskrank, dann braucht man sich nicht über ihn zu unterhalten. Oder er wäre ein ganz abgefeimter Lügner, oder es gibt große Schwierigkeiten in Bonn für Wörner.

Franz Josef Strauß, CSU-Chef, zur Affäre um die Zwangspensionierung des Viersterne Generals Kießling, (1984).

Da redet Wörner viereinhalb Stunden mit diesem fabelhaften Zeugen, aber keine Minute mit Kießling.

Gerd Schmückle, General a. D., (1984).

Manfred von der Bundeswehr.

Joschka Fischer, Parlamentarischer Geschäftsführer der Grünen, (1984).

Das Verhalten des Bundesverteidigungsministers ist an Peinlichkeit nicht mehr zu überbieten.

Hans-Jochen Vogel, SPD-Fraktionsvorsitzender, (1984).

Auf Unwahrheit, Täuschung und Inkompetenz lassen sich Ministerämter nicht begründen.

Willy Brandt, SPD-Vorsitzender, (1984).

Die Entlassung Wörners wäre ein Befreiungsschlag gewesen.

Erwin Teufel, CDU-Fraktionschef in Baden-Württemberg, (1984).

Einen solchen Minister im Amt zu belassen ist eine ganz schlimme Beschädigung des Ansehens der staatlichen Organe.

Gerhard Jahn, SPD, (1984).

Ehrabschneidender Volksverhetzer.

Jürgen Egert, SPD-Landesvorsitzender in Berlin, (1986).

Wörners überzogene Bundeswehrpläne lesen sich wie der Wunschzettel eines kleinen Kindes an den Weihnachtsmann.

Erwin Horn, SPD-Wehrexperte, (1987).

Manfred Wörner ist in der Zeit der Block-Konfrontation stehengeblieben.

Jürgen Koppelin, FDP-Verteidigungsexperte, (1992).

Dieter Wöstenberg

Er ist ein Lümmel.

Hermann Haack, SPD, über den FDP-Abgeordneten Dieter Wöstenberg, (1990).

Franz-Josef Wuermeling

Herr Präsident! Meine Damen und Herren! Ich habe leider erst dem Protokoll entnommen, daß während meiner Rede der Abgeordnete Wuermeling mich und die anderen Mitglieder meiner Fraktion als »Verbrecher« zu titulieren beliebte. Ich habe nicht die Absicht, mich mit einem »Wuermeling« hier über Begriffe der politischen Moral auseinanderzusetzen. Ich möchte hier zwei Dinge feststellen. Erstens, daß der Herr Präsident diesen Ausdruck ungerügt und ohne Bemerkung passieren ließ, und zweitens, wenn damit dokumentiert werden soll, daß der Begriff »Verbrecher« hier parlamentarisch zulässig ist, daß dieser Ausdruck dann eher auf diejenigen zutrifft, die gestern in Kenntnis der Konsequenzen für die Kriegsverträge gestimmt haben.

Walter Fisch, KPD, (1953).

Wer kümmert sich um die »Wuermelinge«?

Wilhelm Tenhagen, SPD, über den Bundesminister für Familienfragen, (1954).

Sie leiden ja an geistiger Schwäche!

Heinrich Sträter, SPD, (1957).

Monika Wulf-Mathies

Wenn Ernst Breit die Interessen der Arbeitnehmer vertritt, ist Monika Wulf-Mathies die Maria Callas von Baden-Württemberg.

Heiner Geißler, CDU, über die ÖTV-Chefin, (1989).

Ich kandidiere nicht als Frau, sondern als aktive Gewerkschafterin.

Über sich selbst, (1982).

Christian Wulff

Jedes niedersächsische Landeskind steht unter dem Schutz des Landesvaters. Das gilt auch für Christian Wulff.

Gerhard Schröder, SPD, Ministerpräsident von Niedersachsen, über den niedersächsischen CDU-Landeschef Christian Wulff, (1997).

Ich kenne den Herrn Wulff aus der Finanzpolitik vor zwei Jahren. Da hat er beim Familienlastenausgleich gesagt, zwölf Milliarden hin oder her seien doch wirklich nicht von großer Bedeutung. Seitdem glaube ich, daß er die Körperschaftsteuer für eine Bekleidungszulage hält.

Theo Waigel, CSU, Bundesfinanzminister, (1997).

Hinterfotzig und unanständig.

Theo Waigel, CSU, Bundesfinanzminister, (1997).

Thomas Wüppesahl

Frau Präsidentin! Meine sehr verehrten Damen und Herren! Herr Kollege Wüppesahl, wenn ich so kaputt wäre wie Sie, und wenn ich überall soviel Unrecht sähe wie Sie, und wenn ich mich so von dunklen Geistern verfolgt fühlte wie Sie, dann würde ich auf gut bayerisch sagen: »mogst' ja nimmer leben.« Dann würde ich mich hinlegen und sterben und würde den Leuten nicht mehr auf den Geist gehen, geschweige denn als Gespenst erscheinen. Es reicht so auch schon, wie Sie uns hier erschienen.

Hermann Fellner, CSU, über den Grünen-Abgeordneten Wüppesahl, (1987).

Arroganter Fatzke!

Jürgen Rüttgers, CDU, zu dem seit dem 26. 1. 1988 fraktionslosen Abgeordneten Thomas Wüppesahl, (1990).

Weil ich schön ständig solche Schlagschatten ins Auge bekomme, möchte ich meinen Beitrag an dieser Stelle beenden.

Über sich selbst, (1989).

Friedrich Zimmermann

Quatschkopf!

Erwin Horn, SPD, (1978).

Sie Frühstücksverleumder!

Herbert Wehner, SPD, (1979).

Wenn Sie sich fragen, können Sie das doch vor dem Rasierspiegel machen!

Herbert Wehner, SPD, nachdem Friedrich Zimmermann in einer Bundestagsdebatte einen Satz mit »Ich frage mich ...« begonnen hatte, (1979).

Der Zimmermann erspart die Axt im Walde.

Walter Sauermilch, Die Grünen, über den CSU-Bundesinnenminister, (1983).

Herr Zimmermann hat offenbar Schwierigkeiten nicht nur beim Schwören, sondern auch beim Zählen.

Wolfgang Clement, Sprecher der SPD, (1983).

Friedrich Zimmermann als Bundesinnenminister, das ist, als würde man Otto Graf Lambsdorff zum Vorsitzenden einer Kommission zur Aufhellung der Parteispendenaffäre machen.

Andreas von Schoeler, SPD-Mitglied, ehemals FDP, (1983).

Umweltpolitischer Nichtsnutz.

Norbert Meisner, stellvertretender Landesvorsitzender der Berliner SPD, (1984).

Der größte Holzfäller der Nation.

Wolfgang Ehmke, Die Grünen, (1984).

Sie als bleifreier Hanswurst.

Joschka Fischer, Die Grünen, (1984).

Friedrich Zimmermann, CSU: Wenn Sie mich lieben würden, hätte ich Angst, Herr Fischer.
Joschka Fischer, Die Grünen: Ich liebe Sie, Herr Zimmermann, ich liebe Sie!

Aus einer Debatte des Deutschen Bundestages vom 20. September 1984.

Sie sind ein umweltpolitischer Gernegroß. Sie sollten zusammen mit Ihrem Kanzler das Weite suchen.

Stefan Schulte, Die Grünen, (1985).

Monster ohne Zähne.

Joschka Fischer, Die Grünen, (1985).

Herr Innenminister, Sie machen den Eindruck, als wenn Sie heute morgen eine ordentliche Portion Valium geschluckt hätten, damit Sie ruhig bleiben.

Joschka Fischer, Die Grünen, (1985).

Sie haben schwach angefangen und dann stark nachgelassen!

Harald B. Schäfer, SPD, (1985).

Auf die Frage, unter welchen Konditionen Strauß nach Bonn gehen würde, habe ich einmal gesagt: »nur als Außenminister«. Der Bundesinnenminister hat nicht immer unrecht.

Über sich selbst, (1986).

Ich bin ein altes Schlachtroß, das seine Pflicht tut.

Über sich selbst, (1989).

Nachwort

VON HEINER GEISSLER

Die parlamentarische Demokratie ist durch zwei Eigenschaften gekennzeichnet: Sie verleiht Macht auf Zeit und sie beschränkt den Kampf um diese Macht auf eine friedliche Auseinandersetzung, eben nicht mit der Faust oder mit der Pistole, sondern mit den Mitteln des Geistes. Und das bedeutet: mit dem Wort. Worte sind Waffen, zumindest können sie Waffen sein. Worte müssen nicht unbedingt Waffen und Redner keine Totschläger und Schützen sein, was man daraus ersehen kann, daß es auch viel Geschwätz, Phrasen, Tiraden und Salbadereien gibt, die von Schwätzern und Seichbeuteln gefaselt, breitgetreten und schwadroniert werden. Aber Worte können auch Geschosse sein. Sie können verletzen, Worte können töten, in der Politik und in der Liebe. Vom Kugelwechsel ist der Wortwechsel abgeleitet.

Greift man die eigene Partei an, kommt man in die Nähe des Bruderkrieges, polemisiert man gegen den politischen Gegner, ist man schnell im verbalen Bürgerkrieg. Und manche Wortschlacht gleicht dem Kampf bis aufs Messer. Manches ist auch nur Feldgeschrei und Kanonendonner, aber meistens wird, je näher der Wahltag kommt, die verbale Auseinandersetzung zum Fronterlebnis. Manche Worte gleichen Knallbonbons, manche wirken wie Handgranaten, oft sind es nur faule Eier, manche schlagen aber auch ein wie eine Bombe. Ich weiß, wovon ich spreche, denn ich bin und war immer schon Anhänger einer offensiven Begrifflichkeit.

Wirklich schwere Brocken werden heutzutage – fast muß man schon sagen »leider« – im Parlament nicht mehr abgefeuert. Die größte parlamentarische Haubitze aller Zeiten war der Zwischenrufer Herbert Wehner, dessen Erfindungsreichtum an Beleidigungen unerschöpflich war: berufsmäßiger Verleumder, Ehrabschneider, einstudierter Pharisäer, Heuchler, Strolch, Flegel, Sauhaufen, nihilistischer Pöbelhaufen, Dreckschleuder, Übelkrähe (gemeint war der Abgeordnete Wohlrabe), Hodentöter (gemeint war Todenhöfer), Lümmel, Schleimer, Schwein und weiß-blaues Arschloch (gemeint war ausnahmsweise einmal nicht Franz Josef Strauß, sondern Hans-Jochen Vogel). Diesem verbalen Stahlbad mußte sich jahrzehntelang die CDU/CSU aussetzen. Aber wenn man die Wirkung betrachtet, waren diese verbalen Attacken doch eher Rohrkrepierer.

Zur Demokratie gehört der Streit, und diese Auseinandersetzung muß mit den Waffen der Sprache ausgetragen werden. Die klassische sprachliche Waffe ist das Schlagwort, im wahrsten Sinne des Wortes. Das Schlagwort ist eine verbale Distanzwaffe. Es entzieht sich dem Dialog. Es wird abgefeuert, es soll treffen und einschlagen, es appelliert, heizt auf und ist auch ohne Kontext in einer Rede, auf Spruchbändern, Plakaten oder Monumenten und Medaillen zu verstehen. Dieser Einwegcharakter der Kommunikation macht das Schlagwort zu einer massenwirksamen Waffe. Es ist angelegt auf Simplifizierung und Emotionalisierung.

Sprache kann jedoch, wenn sie nicht aus der Distanz verschossen, sondern in der parlamentarischen Debatte zur Formulierung von These und Antithese verwendet wird, auch zum Florett werden. Die Kunst der eleganten Replik, also der Sprache als Verteidigungswaffe, sollte im Gegensatz zum primitiven verbalen Schlagabtausch viel intensiver gepflegt werden. Im englischen Unterhaus unterbrach die Labour-Abgeordnete Bessy Smith eines Tages Winston Churchill mit den Worten: »Wenn Sie mein Mann wären, würde ich Ihnen Gift in den Kaffee tun.« Ungerührt erwiderte Churchill: »Wenn Sie meine Frau wären, würde ich den Kaffee trinken.«

Am Rande eines Streitgesprächs im SPIEGEL hat mir Peter Glotz einmal vorgeworfen, die von mir gepflegte Polemik sei eine gezielte, kalt kalkulierte Methode. Ich entgegnete ihm, für mich sei manche Kritik an der Sprache der Politik nur verständlich vor dem Hintergrund eines politischen Biedermeiers, eines charakteristischen deutschen Harmoniebedürfnisses, das zum Teil noch durch den vergangenen deutschen Obrigkeitsstaat geprägt worden sei. Es ist nach wie vor eine schwere Belastung unserer demokratischen Diskussions- und Streitkultur, daß die Deutschen sich bis zum heutigen Tage schwertun, Polemik und scharfe Kritik als selbstverständliche Bestandteile der politischen Kultur eines demokratischen Landes anzuerkennen.

In Parteiveranstaltungen, in Wahlversammlungen, bei öffentlichen Diskussionen wird von vielen Menschen immer wieder vorgetragen, man könne das Parteiengezänk nicht mehr ertragen, im Deutschen Bundestag werde geholzt, es flögen die Fetzen und die Politiker schlügen nur noch aufeinander ein. Ich sagte einmal auf einer Germanistentagung, das Wort vom Parteiengezänk sei der Begriff einer ressentimentgeladenen, antidemokratischen Aversion. Die Auseinandersetzung um den richtigen Weg sei in der Demokratie lebensnotwendig, dies könne nicht ohne Streit gehen, auch nicht ohne klare Aussagen, die so formuliert werden, daß die Menschen sie auch verstehen. Der große britische Labour-Führer Hugh Gaitskell hat dies einmal so ausgedrückt: »Man muß in der Politik, in der modernen Demokratie oft überspitzen, sonst wird man nicht gehört.«

Peter Glotz entgegnete mir damals, daß man in der Demokratie vielmehr darauf hinarbeiten müsse, die Bevölkerung nicht zu polarisieren, sondern zu integrieren. Ich bin jedoch der Meinung, daß auch in einer germanischen Demokratie Integration nicht durch die Unterdrückung von Gegensätzen, sondern durch das Austragen von Konflikten entsteht. Gegensätze können ja nicht dadurch gleichsam aus der Welt geschafft werden, indem man sie leugnet oder nicht über sie spricht. Wo Konflikte geleugnet oder unterdrückt werden, gibt es keine Freiheit, da sind Repression oder gar Bürgerkrieg nicht weit. Der Streit zur Sache über eine Meinung kann politische Kultur sein.

Politische Unkultur ist dagegen die Diffamierung der Person. In den 50er Jahren und bis weit in die 60er Jahre hinein, etwa bis zu dem Zeitpunkt, zu dem er 1966 Bundesminister wurde, mußte sich Herbert Wehner auch aus den Reihen der Union als verkappter Kommunist verdächtigen lassen. Ich habe diese Negativ-Kampagne gegen Wehner für genauso falsch angesehen wie die Methode, Willy Brandt in den 60er Jahren vorzuwerfen, er sei ein uneheliches Kind. Ich hatte wegen dieser Feststellung, die ich auch auf dem Bundesparteitag in Bonn 1987 getroffen hatte, eine heftige Auseinandersetzung mit Bruno Heck, der in den 60er Jahren, bevor er Generalsekretär wurde, Bundesgeschäftsführer der CDU und damit verantwortlich für die Wahlkampfführung der Bundestagswahlen 1961 und 1965 gewesen war. Er bestritt, daß Willy Brandt seine uneheliche Geburt vorgehalten worden sei. Richtig ist aber doch, daß beispielsweise Konrad Adenauer im Wahlkampf 1961 Willy Brandt, obschon lange Jahre Regierender Bürgermeister in Berlin und Kanzlerkandidat der SPD, oft als »Herr Brandt alias Frahm« oder als »Herbert Frahm« bezeichnet hatte.

Es ist eine geschichtliche Erfahrung, daß Politiker jeder Couleur, wenn der politische Streit nicht mehr sachlich zu führen oder nicht siegreich zu bestehen ist, in persönliche Anti-Kampagnen auszuweichen versucht sind. Mir wurde vorgeworfen, ich hätte genau dies gegenüber den Sozialdemokraten praktiziert. Ich habe mich immer dezidiert über Sachfragen geäußert, über politische Entwicklungen, zum Beispiel über die Außenpolitik der SPD und ihre Abrüstungspolitik oder über politische Bewegungen wie den Pazifismus. Aber ich habe vermieden, politische Gegner persönlich, als Menschen anzugreifen. Wenn ich es dennoch einmal getan habe, wie bei Helmut Schmidt mit dem Vorwurf des Rentenbetrügers, tut es mir heute leid.

Zum 40. Jahrestag der deutschen Kapitulation vom 8. Mai 1945, also zum 8. Mai 1985, hatte die SPD zu einem großen Symposion nach Nürnberg eingeladen, und zwar unter der Überschrift »Nie wieder Krieg von deutschem Boden«. Zu diesem Symposion waren alle sozialdemokratischen, sozialistischen und kommunistischen Oberbürgermeister der Städte eingeladen worden, die im Krieg am meisten zerstört worden waren, also sozialdemokratische Oberbürgermeister in der Bundesrepublik Deutschland, sozialistische Oberbürgermeister aus Frankreich, sozialistische Oberbürgermeister aus Großbritannien wie der Oberbürgermeister von Coventry, außerdem die kommunistischen Oberbürgermeister von Leningrad und Kiew. Keine Einladung hatte hingegen der damalige Regierende Bürgermeister von Berlin, Eberhard Diepgen, erhalten, der Bürgermeister einer der wohl am meisten zerstörten Städte des zweiten Weltkrieges. Mit dabei waren die kommunistischen Oberbürgermeister von Dresden und Leipzig, nicht eingeladen wiederum war der Oberbürgermeister von Stuttgart, Manfred Rommel, wie Diepgen Mitglied der CDU. Ich stellte damals die Frage, warum die Sozialdemokratische Partei zu dem Treffen in Nürnberg unter einem Motto einlade, das nur den Halbsatz eines Zitates von Kurt Schumacher enthalte, nämlich: »Nie wieder Krieg von deutschem Boden«, während der zweite Satz des Schumacher-Zitates: »Nie wieder Diktatur auf deutschem Boden« unterschlagen worden sei. Hatte Willy Brandt den zweiten Satz von Schumacher deswegen weggelassen, weil er sonst die kommunistischen Oberbürgermeister von Dresden und Leipzig nicht hätte einladen können? Am darauffolgenden Sonntag war Landtagswahl in Hessen, und Willy Brandt diskutierte mit Helmut Kohl und Martin Bangemann in der üblichen Fünfzehn-Minuten-Sendung von ARD und ZDF über den Wahlausgang. Als Reaktion auf meine Presseerklärung erklärte Willy Brandt, ich sei der schlimmste Hetzer seit Goebbels. Seine Aussage hatte zur Folge, daß in den darauffolgenden Monaten Jungsozialisten, Spartakisten und andere politische Gegner bei Veranstaltungen Transparente in die Höhe hielten, auf denen mein Name mit zwei S im Stil der SS-Runen geschrieben war. Dies war das, was die Amerikaner eine Negativkampagne nennen: eine politische Kampagne, die aus persönlichen Angriffen gegen einen Menschen besteht, mit der Absicht, diese Person vor der Öffentlichkeit zu desavouieren. Das Wort darf jedoch nicht als tödliches Instrument zur Vernichtung eines anderen Menschen verwandt werden.

Es gibt einige historische Irrtümer der Deutschen im Verhältnis zur Demokratie und zu den politischen Parteien. In der Hauptsache zählt dazu die privatistische Politikabstinenz, die sozusagen vom Erker des Wohnzimmers aus beobachtet, wie sich die Politiker im Gelände tummeln und sich die Hände schmutzig machen. Goethe läßt im Faust in »Auerbachs Keller« in Leipzig auf die Frage von Frosch:

»Das liebe heil'ge röm'sche Reich
wie hält's nur noch zusammen?«

den Brandner antworten:

»Ein garstig Lied! Pfui, ein politisch Lied
ein leidig Lied!
Dankt Gott mit jedem Morgen,
daß ihr nicht braucht
für's röm'sche Reich zu sorgen!
Ich halt' es wenigstens für reichlichen Gewinn,
daß ich nicht Kaiser oder Kanzler bin.«

Solch ein Vorurteil von Brandner in Auerbachs Keller entspricht der allgemeinen bürgerlichen Überzeugung, daß Politik ein schmutziges Geschäft sei, mit dem sich intelligente und anständige Leute nicht beschäftigen, ein Vorurteil, das die deutschen Akademiker, der deutsche Adel, die deutsche Bourgeoisie, geradezu liebevoll pflegten. Geist und Macht, das waren unüberbrückbare Gegensätze. Universität und Geist auf der einen Seite, Politik und Parlament auf der anderen Seite. Das Katheder und die Rednertribüne trennten Welten. Ein kulturhistorischer Irrtum zumindest, der aber in Deutschland weitreichende Folgen hatte. Vielleicht hätte Hitler verhindert werden können, wenn die Deutschen nach dem Tode Friedrich Eberts nicht gerade Hindenburg zum Reichspräsidenten gewählt hätten, der nach eigenen Aussagen außer der Bibel und dem preußischen Exerzierreglement noch kein Buch gelesen hatte. André Malraux konnte in Frankreich Kultusminister werden. Manche französische Staatspräsidenten waren gleichzeitig große Literaten: de Gaulle, auch Pompidou und Mitterrand. Und Churchill war Literatur- und nicht Friedensnobelpreisträger. Siegfried Lenz, Martin Walser, Günter Grass, Reiner Kunze – Kultusminister in Deutschland? Die Aufgabe, Geist und Macht miteinander zu versöhnen, liegt in Deutschland noch vor uns.

Abkürzungsverzeichnis

AfA	Arbeitsgemeinschaft für Arbeitnehmerfragen
ARD	Arbeitsgemeinschaft der öffentlich-rechtlichen Rundfunkanstalten der Bundesrepublik Deutschland
ASF	Arbeitsgemeinschaft sozialdemokratischer Frauen
BAföG	Bundesausbildungsförderungsgesetz
BBU	Bundesverband Bürgerinitiativen Umweltschutz
BDI	Bundesverband der Deutschen Industrie
BHE/DG	Bund der Heimatvertriebenen und Entrechteten/ Deutsche Gemeinschaft
BML	Bundesministerium für Landwirtschaft, Ernährung und Forsten
BND	Bundesnachrichtendienst
BSE	Bovine spongiforme Enzephalopathie (Rinderwahnsinn)
CDA	Christlich-Demokratische Arbeitnehmerschaft
CDU	Christlich-Demokratische Union (Deutschlands)
CIA	Central Intelligence Agency (US-amerikanischer Geheimdienst)
CSU	Christlich-Soziale Union
DGB	Deutscher Gewerkschaftsbund
DP	Deutsche Partei
DRP/NR	Deutsche Reichspartei/Nationale Rechte
EG	Europäische Gemeinschaft
FAZ	Frankfurter Allgemeine Zeitung
FDP	Freie Demokratische Partei (Deutschlands)
GAL	Grün-Alternative Liste
GAU	Größter anzunehmender Unfall
IG	Industriegewerkschaft
IM	Inoffizieller Mitarbeiter (des Staatssicherheitsdienstes der ehem. DDR)
Juso	Jungsozialist, Mitglied der Jugendorganisation der SPD
KPD	Kommunistische Partei Deutschlands
MBB	Messerschmitt-Bölkow-Blohm GmbH
NATO	North Atlantic Treaty Organization
ÖTV	Gewerkschaft Öffentliche Dienste, Transport und Verkehr
PDS/LL	Partei des Demokratischen Sozialismus/Linke Liste

SED	Sozialistische Einheitspartei Deutschlands
SPD	Sozialdemokratische Partei Deutschlands
Stasi	Staatssicherheitsdienst der ehem. DDR
WAV	Wirtschaftliche Aufbauvereinigung

Quelle

Stenografische Berichte und Pressearchiv des Deutschen Bundestages

Namenregister

RECLAM-BIBLIOTHEK

Harald Martenstein
Die Mönchsrepublik

Erotik in der deutschen Politik
von Adenauer bis Claudia Nolte

128 Seiten. Mit 11 Abbildungen. RBL 1609. 16,– DM
ISBN 3-379-01609-8

»Spieglein, Spieglein an der Wand, wer sind die Schönsten im deutschen Land?« Wann immer man diese Frage stellt: Namen von Politikerinnen und Politikern sind kaum zu hören. Erotik und Parlament, das liest sich wie Feuer und Wasser, wie »Peter Graf besucht das Finanzamt«, wie »Blondinen lesen Peter Handke«.

Harald Martenstein kennt keine Scheu vor unerfreulichen Themen und ist diesem (bundes)deutschen Trauerspiel nachgegangen. Seine Szenen einer Mesalliance nehmen ihren Anfang im restaurativen Nierentischcharme der Fünfziger, lassen die Adenauers, Erhards und Brandts Revue passieren, loten das Attraktivitätspotential von Heide Simonis, Rudolf Scharping, Gerhard Schröder oder Heiner Geißler aus, sondieren die erogenen Zonen der Parteienlandschaft und analysieren messerscharf, was der Osten eingebracht hat: Gregor Gysi, Gunda Röstel, Claudia Nolte.